수형 상숙희 상순미 장순희 상시내 장연수 상영남 상영재 상예슬 장봉모 장우연 장유경 장유진 장유희 장윤미 장윤실 장윤수

장윤호 장은미 장은숙 장은아 장은영 장은정 장은진 장은희 장인희 장재성 장재훈 장정근 장정민 장정선 장종화 장주연 장주

영 장지예 장지은 장진수 장진희 장창신 장태용 장현경 장현아 장형지 장혜영 장혜원 장혜정 장혜진 장호빈 장희정 전가림

전두한 전미숙 전미영 전민정 전병상 전병주 전보경 전보현 전상구 전상욱 전선덕 전선영 전성아 전성우 전성훈 전소영 전소

영 전연심 전옥길 전유림 전유진 전윤경 전윤숙 전윤초 전윤태 전은영 전정은 전주영 전주현 전지영 전찬우 전태후 전혁호

전혜빈 전화순 정 영 정건호 정경라 정경민 정다은 정대식 정동호 정명은 정명희 정문영 정미영 정민재 정보연 정보용 정봉

길 정상미 정사나 정서임 정선화 정선희 정성민 정성숙 정세정 정소라 정소랑 정소연 정소영 정수라 정수복 정수연 정수정

정수현 정순원 정승원 정여진 정연환 정연희 정영아 정용석 정우주 정욱지 정욱진 정운선 정유민 정유신 정유정 정유진 정유

선 정은실 정은정 정은이 정인숙 정인아 정인애 정인자 정일행 정자숙 정재현 정재환 정재훈 정재희 정정현 정주영 정주은

정지영 정지윤 정지은 정지혜 정지호 정지화 정진아 정진오 정진우 정진욱 정진호 정찬호 정치인 정태건 정태진 정필구 정하

정 정해경 정해미 정현아 정현애 정현자 정현정 정현진 정현철 정형석 정형주 정혜성 정혜영 정혜원 정혜정 정혜진 정호준

정혹희 정효문 정훈기 정희원 정희정 정희진 정희철 제해윤 제현유 조 한 조경빈 조경숙 조경주 조경진 조경훈 조경희 조남

라 조미애 조미영 조미진 조미희 조민경 조민상 조민아 조민정 조민지 조민호 조범석 조범옥 조보경 조서연 조선경 조선명

조성원 조성일 조성혜 조성훈 조세진 조소연 조소영 조수경 조수나 조수진 조수현 조수희 조숙희 조슬기 초승우 조아라 조아

희 조영은 조영훈 조원연 조유란 조유선 조윤경 조윤영 조윤주 조은별 조은정 조은현 조은화 조인영 조장훈 조정민 조정윤

조정희 조준영 조준희 조지연 조진우 조한걸 조해욱 조현기 조현숙 조현지 조현집 조혜경 조혜령 조혜리 조혜연 조혜원 조혜

준 조환준 조희분 주경환 주대경 주무형 주민지 주성희 주소영 주수연 주수훈 주연아 주원일 주자연 주재용 주지선 주지희

지가을 지경아 지근우 지수환 지영복 지은경 지은아 지정연 지효진 진세영 진송아 진장우 진정원 진현화 진혜미 차강욱 차명

수 차미정 차민선 차애련 차윤주 차정민 차정우 차지연 차지원 차하영 차현정 차효진 차희정 채미경 채민주 채송아 채승엽

채윤선 채은희 천나리 천석기 천소미 천애주 천애주 천용철 천윤경 천은성 천정민 천지윤 천현주 최 린 최 민 최 선 최

진 최경군 최경선 최경순 최경옥 최경은 최근영 최금동 최금비 최기명 최나나 최나래 최다인 최대전 최동석 최동욱 최명진

최문구 최미연 최미정 최민경 최민우 최민정 최민준 최민지 최병근 최병혁 최보광 최빛나 최상미 최석준 최선경 최선미 최성

문 최소영 최소현 최수경 최수기 최수정 최수진 최수현 최수호 최수희 최순민 최승규 최승완 최승현 최승환 최언실 최언재

최영신 최영아 최영아 최영열 최영원 최영주 최영준 최영희 최예경 최옥훈 최완석 최용진 최우정 최원석 최원준 최유정 최유

석 최윤선 최윤영 최윤정 최윤희 최은미 최은석 최은정 최은주 최은화 최의영 최익현 최재연 최재영 최재웅 최재원 최재혁

최정수 최정원 최정윤 최종문 최종윤 최주훈 최주희 최준혁 최중민 최지은 최지혜 최지환 최지희 최진미 최진숙 최진이 최진

원 최청정 최평화 최필규 최하나 최한나 최한영 최혁구 최현선 최현우 최현정 최형태 최혜정 최홍석 최효선 최효정 주경아

추준호 추지원 편승호 하남우 하동진 하리라 하미미 하민정 하민희 하성용 하솔림 하영모 하재근 하지희 하진영 하희정 한광

정 한규환 한동호 한미경 한미영 한미진 한민지 한범욱 한보림 한빛누리 한상완 한선우 한성일 한세라 한세련 한소빈 한소윤

한송희 한순희 한승철 한아람 한아름 한여름 한영균 한영주 한예지 한울림 한우정 한유라 한유정 한윤희 한융희 한은비 한은

향 한재경 한재진 한재현 한정민 한정원 한정은 한정인 한정현 한주연 한주현 한준희 한지연 한지운 한진경 한철수 한현미

한혜정 함선영 함수연 함정희 함주희 함지수 함형석 합혜경 허 규 허 용 허 웅 허 진 허나영 허미진 허유영 허윤정 허은

혜 허정아 허정원 허정윤 허주연 허지희 허진경 허철녕 허현선 허현정 허현철 허형규 허효민 허희숙 현소화 현정훈 형준선

홍광호 홍기상 홍나영 홍대석 홍도영 홍리나 홍리화 홍미숙 홍벌님 홍상모 홍상의 홍서정 홍석우 홍석형 홍선아 홍선주 홍성

연 홍성택 홍소라 홍우진 홍유리 홍유선 홍윤숙 홍윤정 홍윤혜 홍은애 홍은택 홍은희 홍인아 홍정아 홍정연 홍정현 홍준기

홍지연 홍지영 홍지현 홍지혜 홍지훈 홍진아 홍하영 홍현아 홍혜연 홍혜원 홍혜진 홍효석 황 은 황규진 황래은 황병운 황보

영 황상희 황세라 황세준 황순홍 황연희 황예슬 황원태 황유나 황유림 황윤의 황은미 황인정 황정민 황정화 황종란 황중석

황지현 황진희 황현주 황혜림 황혜진 황희정 강 석 강경득 강경아 강경호 강기모 강대길 강대숙 강동호 강동희 강미경 강미

강성녹 강성아 강성호 강성보 강내ري 강내숙 강っ오 강っ의 강비성 강미선 강미역 강반구 강반ㅣ 강반님 강반영 강반구 강반

환 강석목 강석분 강선경 강선진 강섬미 강성민 강성아 강성일 강성희 강세연 강소려 강수정 강시내 강신홍 강연경 강연정 강

영은 강영준 강영진 강영혜 강유진 강유현 강윤선 강윤정 강은성 강은정 강인서 강장원 강정모 강정민 강정후 강주련 강중현

강지연 강지원 강지혜 강진권 강칠규 강필석 강하나 강헤로나 강현아 강현주 강형석 강혜경 강혜기 강혜리 강혜림 강혜선 강

혜윤 강혼식 강희수 고   은 고   현 고건만 고경준 고다미 고대과 고명재 고신영 고성권 고성훈 고세원 고세은 고승원 고승현

고영신 고영주 고용한 고유선 고윤희 고은미 고은비 고은선 고주희 고지영 고진업 고영주 고현희 고혜원 공경은 공미나 공민

영 공숙희 공인실 공인희 공징현 곽민석 곽민선 곽상호 곽수지 곽양님 곽유나 곽유진 구   통 구경모 구미신 구미환 구미위 구

범모 구본영 구수진 구연희 구용화 구하승 구혜리 국   항 국요섭 국정은 권   택 권경민 권건신 권경원 권미정 권민주 권상화

권성구권수연 권순별 권순중 권순호 권영희 권오현 권용환 권유희 권윤희 권은정 권은해 권제영 권정순 권주현 권주희 권진

미 권혁일 권현영 권혜진 금보라 기양우 길가애 김정민 김해심 김   단 김   민 김   석 김   솔 김   신 김   준 김   철 김   현 김

가람 김가영 김가에 김건중 김건님 김경도 김경렬 김경령 김경미 김경민 김경신 김경숙 김경아 김경은 김건주 김경화 김경희

김광수 김국희 김국희 김군영 김권석 김규동 김규언 김근화 김금희 김기경 김기남 김기령 김기범 김기세 김기영 김기용 김기

현 김나라 김나래 김나리 김나연 김나정 김나진 김난실 김남수 김남희 김누리 김다경 김다슴 김다은 김달님 김달중 김대건 김

대영 김대안 김더미 김도신 김도영 김도완 김도현 김도희 김동건 김동별 김동우 김동욱 김동은 김동이 김동주 김동희 김동현

김동희 김두진 **김두연 김두**완 김두희 김령기 **김리나** 김마리아 **김명옥 김명자 김무**열 김무진 김문정 김문태 김문희 김미경 김

미리 김미림 김미선 김**미숙 김미아** 김미애 김미언 김미영 **김미지** 김미정   김미진 김미향 김미현 김미화 김미희 김민

경 **김민석 김민선** 김민수 김민영 김민욱 **김민정** 김**민**주 김민지 김민호 김민희 김백수 김범준 김병수 김병용 김병주 김병태 김

보라 **김보름 김보미 김보신** 김보연 **김보영 김봉경 김봉석** 김봉선 김봉성 김빈미 김삼선 김삼일 김삼미 김삼성 김삼민 김삼범

김삼우 김삼은 **김삼진 김삼현 김삼현** 김삼화 **김삼희** 김샛별 김석경 **김선경 김선경** 김선민 김선심 김선애 김선영 김선우 김선임 김선

화 김선희 김성도 **김성미** 김성백 김성범 김성수 **김성신** 김성욱 **김성준 김성진** 김성철 김성연 김성환 김성훈 김성희 김세연 김

세현 김세호 김세희 **김소랑** 김소리 김소연 김소영 김소희 김수경 김수광 김수련 김수미 김수민 김수연 김수영 김수물 김수은

김수지 김수진 김수현 김순식 김순애 김순화 김승동 김승세 김승욱 김승윤 김시나 김시내 김시은 김신아 김신영 김아련 김아

리 김아영 김아용 김아현 김양숙 김여동 김여진 김연심 김연희 김연주 김연중 김연철 김연희 김염정 김영근 김열린 김양민 김

영순 김영실 김영애 김영우 김양우 김양영 김양주 김영준 김영재 김영호 김영화 김영한 김영훈 김영희 김예경 김예랑 김예솔

김옥주 김왕기 김왕도 김요환 김용범 김용우 김용후 김용훈 김용희 김우리 김우징 김우제 김원준 김원희 김유나 김유란 김유

미 김유석 김유성 김유숙 김유연 김유정 김유진 김유화 김윤정 김윤나 김윤미 김윤선 김윤수 김윤정 김윤희 김은경 김은규

은선 김은실 김은아 김은영 김은옥 김은정 김은주 김은지 김은진 김은하 김은혜 김은희 김응석 김응수 김의훈 김이월 김인경

김인업 김인영 김임권 김일훈 김자경 김자혜 김장근 김장원 김장희 김재룡 김재원 김재익 김재희 김정미 김정민 김정수 김정

성이 김정언 김정원 김정은 김정이 김정한 김정혜 김정훈 김정희 김종곡 김종욱 김종원 김종일 김종호 김종희 김주리 김주연 김

주현 김주환 김주희 김준겸 김준기 김준성 김준영 김준태 김준형 김준호 김춘희 김지나 김지신 김지수 김지연 김지엽 김지영

지원 김지은 김지은 김지향 김지연 김지형 김지혜 김지홍 김지훈 김지희 김진건 김진만 김진영 김진이 김진주 김진향 김진

진희 김찬휘 김창숙 김창원 김창옥 김조롱 김초희 김태경 김태광 김태수 김태언 김태영 김태오 김태완 김태우 김태욱 김태재 김

김태형 김태훈 김평온 김필주 김하나 김하영 김하윤 김학재 김탁준 김학잔 김한나 김한나 김한성 김한아 김한우 김한준 김해련

김해정 김혜진 김엘레나 김현경 김현구 김현기 김현미 김현목 김현숙 김현아 김현우 김현욱 김현징 김현정 김현주 김현준 김

현창 김현희 김형근 김형기 김형석 김형매 김형완 김형우 김형주 김혜경 김혜란 김혜련 김혜미 김혜선   김혜숙 김혜원 김혜

혜주 김혜진   김호산 김호영 김홍목 김홍주 김화정 김환수 김환제 김효신 김효심 김효안 김효은 김효정 김효준 김효지   김희경

김희성 김희영 김희자 김희재 김희정 김희진 나경애 나미정 나성민 나연화 나운주 나유진 나중배 나현정 남경원 남궁의 남

미숙 남민설 남수영 남승화 남유경 남윤정 남은아 남정은 남준용 남채리 남현주 남혜인 남희주 노   을 노대룡 노세라 노승인 노

뮤지컬 배우 남경읍 짐이

쟁이

뮤지컬 배우 **남경읍**

남경읍 저

프로방스

뮤지컬 배우 남경읍 짱이

지은이 | 남경읍
발행인 | 방은순
표지디자인 | Design yeid
펴낸곳 | 도서출판 프로방스
등록일 | 2009년 6월 9일
주　소 | 경기도 고양시 일산서구 대화동 2239-1 월드메르디앙 1006

초판 1 쇄 2010년 6월 15일
초판 발행 2010년 6월 20일

전　화 | 031-925-5366~7
팩　스 | 031-925-5368

ISBN 978-89-89239-51-2
정가 12,000원

Musical Actor

배우 이전에 인간 남경읍!

적지 않은 세월 연기와 함께 살아왔던 저는 배우 남경읍의 예찬론자이고 싶습니다.

서로 가슴을 열고 함께 호흡했던 그, 우연이 아닌 필연으로 만나야했던 그 수많은 사람들 가운데 남경읍은 열정과 성실의 상징이었고, 거룩한 액자 속에 담아 고이 간직하고픈 아름다운 남자입니다.

아름다움이 곧 원만한 조화로 사람의 감정과 감각에 만족을 주는 것이라면, 참으로 영과 혼과 몸이 잘 어우러진 아름다운 배우이기에 저는 그를 찬양합니다.

유난히도 저마다의 빛을 내기에 연연하여 자칫 치우침으로 사람 그본연의 모습을 잃고 쟁이(전문가)만이 보이기 쉬운 공연예술계에 남경읍 그는 배우 이전에 사람됨을 잃지 않고, 무대 예술가로서의 진면목을 지켜온 참으로 훌륭한 인간이요, 훌륭한 연기자라고 저는 말하고 싶습니다.

어언 화살같이 빠른 세월 속에 남경읍은 수많은 공연과 수많은 제자들을 육성하였습니다. 그 세월 속에서 그가 느낀 점들을 글로 정리를 하였다고 하니 무한한 기대와 함께 가슴이 벅차 오르기까지 합니다.

더불어 저는 조용히 기도합니다.
그의 성공적인 앞날과 함께 영원한 인간 남경읍의 역사를 써가는 아름다운 예술가이기를, 온 인류의 섭리자이신 하나님께 소망한다고요.
그리고 그에게 이렇게 속삭입니다.
맏형같은 아우 남경읍!
언제나 그러했듯이 성실과 열정으로 늘 그 자리에서 아름다운 빛을 발하기를 바란다고……!

2010년 봄날에
목사 임동진

　뮤지컬 배우 남경읍의 '쟁이(가제)'의 출간을 진심으로 축하합니다.

　그의 이번 출간은 교육자이기도 한 그가 어린 시절과 뮤지컬 배우로서 꿈을 키워온 학창 시절, 그리고 배우 시절의 여러 가지 이야깃거리와 학생들을 지도해 오면서 느낀 점들을 정리한 것으로써 남다른 의미가 있다고 느껴집니다.

　국내 1세대 뮤지컬 배우요 우리나라 대표 뮤지컬 배우인 남경읍은 한국 뮤지컬의 산증인이라고 해도 과언이 아닐 정도로 한국 뮤지컬과 함께 해왔습니다. 늘 겸손하고 자신을 낮추는 모습, 그러면서도 성실하게 자신의 내면의 소리를 만들어 내어 관객들로 하여금 믿음을 갖게 하는 연기, 그것이 그의 무대를 지켜보는 즐거움입니다.

　또한 그는 후학을 양성하는 교육자로서 27년간 자신의 무대 경험을 100% 살린 살아있는 뮤지컬 수업으로 우리나라 뮤지컬 계를 대표하는 수많은 스타들을 키워왔습니다.

이렇듯 30년이 넘는 세월을 무대와 강단을 넘나들며 국내 뮤지컬의 발전을 위해 열정을 가지고 활동해 온 남경읍에게 존경의 뜻을 전합니다.

앞으로도 뮤지컬배우로서, 후학을 양성하는 교육자로서 그의 왕성한 활동을 기대합니다. 또한 이번 '쟁이'의 출간이 많은 분들의 사랑을 받으며 국내 뮤지컬의 저변 확대와 뮤지컬 후학을 양성하는데 밑거름이 되기를 기원합니다.

이번 '쟁이'의 출간을 다시 한 번 진심으로 축하합니다.

문화체육관광부장관
유 인 촌

어느 날 갑자기 출판사 프로방스의 대표님으로부터 책을 발간하자는 제의를 받았습니다. 내기 책을 쓸 능력이 없다는 생각과 나의 책이 팔릴지도 의문이었기 때문에 일언지하에 거절하였습니다.

하지만 발간 부수에 목표를 두기 보다는 한 배우가 살아온 이야기를 솔직하게 표현을 함으로써 독자 여러분들이나 후배들에게 이러한 한 배우가 있었다는 것에 목표를 두자는 이야기에 나의 어린 시절의 이야기, 학생들을 가르치면서 느꼈던 이야기, 그리고 배우로서 느꼈던 것들, 앞으로 배우로서 어떻게 살아가야 하는 이야기들을 꾸밈없이 표현해 보고 싶었습니다.

그리고 그러한 것들을 언젠가는 뮤지컬로 만들어 보고 싶었기 때문에 지금쯤은 정리를 해보는 것도 괜찮다고 생각을 해서 무모한 결정을 하였습니다.

글을 쓰는 재주도 없고, 나의 이야기들이 재미도 별로 없고 , 그렇다고 생각의 깊이가 있는 것도 아닌데, 주제넘은 짓을 한 것은 아닌가 걱정이 많이 앞설 뿐입니다. 그래서 글을 정리하면서 가장 주안점을 둔 것이 있는 그대로를 꾸미지 않고 솔직하게 표현해 보고자 한 것이었습니다.

흠잡을 곳이 많이 있으리라고 생각하지만 킬링타임용으로 '남경읍'이라는 한 배우의 이야기를 편안한 마음으로 읽어 주시면 하는 바람 뿐입니다.

2010년 춘삼월!
배우 남경읍

차 례 Contents

제3부 뮤지컬 배우 30년

01

어린시절

01 경북 문경군 문경읍 남경읍

나는 1958년 춘삼월에 '58년 개띠'로 경상북도 문경군 문경읍에서 태어난 남경읍이다. 이름에 마을 단위를 일컫는 '읍' 자를 쓰는 사람을 전화번호부에서조차 보지를 못했는데, 무슨 까닭으로 아버지께서 고을 '읍' 자를 내 이름에 사용하셨는지 잘 모르겠다. 게다가 서울 '경' 까지 곁들여서 말이다.

나름대로 생각해 볼 때, '남쪽의 큰 서울처럼 크게 되더라도 고을처럼 겸손하게 살라'는 의미로 새기며 교만하지 않게 살려고 노력한다.

내가 태어난 문경은 경상북도 북서부에 위치한 당시 군 단위 지역으로, 주흘산과 조령산이 있고, 여름 피서지로 유명한 용추계곡이 있는 곳이다. 1995년 문경군과 점촌시가 통합되어 새로운 통합시를 이루고 있으며, 예로부터 서울과 영남을 이어주던 고갯길인 문경새재로 널리 알려진 지역이며, 석탄산업의 발달과 함께 성장한 도시이다. 지금은 폐광이 되어 인구가 7천여명 밖에 안되는 소도시가 되었지만 드라마 촬영장, 문경도자기, 문경사과, 활공장, 문경온천 그리고 수많은 유적

▲ 첫 돌 모습

지와 아름다운 주변 경관 등으로 유명한 곳이다.

나는 그곳에서 겨우 6살인 나이에 초등학교에 입학했다. 취학연령에 해당되지도 않는 나이에 이미 초등학교에 입학했는데, 내가 남다른 재능이 있거나 머리가 뛰어나서 조기에 입학한 것은 아니었다.

물론 그 당시에는 초등학교에 입학할 때까지도, 자기 이름조차 못 쓰는 아이들이 대다수였다. 하지만 나는 5살 때부터 이름은 물론, 군대에 계시는 아버지께 편지를 쓸 수 있었고, 동화책도 줄줄 읽어나가는 좀 조숙한 아이였긴 했다.

어느 날 동네 친구들과 놀려고 여느 날과 마찬가지로 공터로 나왔는데, 친구들이 하나도 보이지 않았다. 어머니께 여쭤보니 다들 학교에 갔다고 하셨다. 그래서 나도 생떼를 써서 학교로 쫓아 갔는데, 1학년 1반 담임 선생님께서 자초지종을 들으시고는 구석에 자리를 하나 내주셨다.

"며칠 다니다가 지쳐서 관두겠지요."

하지만 나는 다른 학생들보다 더 열심히 공부했고, 국어과목을 특히 좋아했다. 그러나 어린 나이라 그런지 암기 과목은 잘 따라했는데, 수학과 같은 이해과목이 많이 부족했던 것 같다.

어쨌건 나는 지치거나 중도에 그만두지 않고 계속 학교를 다녔고, 학적부가 그대로 살아있었는지 계속 학교를 다니게 되었다.

특히 노래 부르기를 좋아했는데, 초등학교 때부터 중학교 때 까지는 각 반마다 불려 다니면서 노래를 많이 불러야 했다. 한 번은 여자아이들이 나를 반 강제로 끌고가서 두어 시간 감금해 놓고, 계속 노래를 부르게 한 적도 있었다.

02 청산가리와 다이너마이트

시골에서 태어나서 자란 사람들이라면 누구라도 그러하듯이, 내게도 아름다운 추억거리가 많이 있다.

앞에도 간단히 언급했지만, 나의 고향 문경은 크게 탄광지역과 문화재 지역으로 나눌 수 있다. 사방이 산으로 둘러 쌓여있는 전형적인 분지 지역으로, 북쪽으로는 중부지방에서 꽤 높은 1064미터짜리 주흘산이 있는데, 팔부 능선 위로는 철광석으로 구성되어 있기 때문에 산이 번쩍거리고, 아침 동이 틀 때면 간혹 동네로 빛이 반사되는 것을 볼 수 있다. 우리 집 식구들은 모두 문경을 떠나 지금은 아무도 살고 있지 않지만, 요즘도 힘든 일이 있거나 심신이 지칠 때는 주흘산의 정기를 받기 위해 고향으로 내려간다.

여름이면 동네 친구들과 함께 거의 매일 시냇가에서 멱을 감고 물고기를 잡기도 하고, 겨울에는 꿩 사냥과 토끼 사냥, 그리고 동네 아저씨들이 노루 사냥을 하러 산으로 가면 몰이꾼으로 활동하기도 했다. 중학교 체육시간에 눈이 오는 날이면 전교생이 학교 뒷산에 올라가서

▲ 초등학교 1학년 봄소풍(앞줄 왼쪽에서 3번째)

빈 도시락을 두드리면서 토끼 사냥을 하고, 그 때 잡은 토끼를 학교에
서 키운 적도 있다.

또한 나는 물고기 잡기를 좋아 했는데, 물고기를 잡는 방법은 석기
시대, 철기시대, 근대적인 방법, 현대적인 방법, 군사적인 방법 등 우
리 나름대로 상당히 많은 노하우를 갖고 있었다.

가장 원시적인 방법은 시냇가에 있는 약초를 뜯어서 손바닥만 한 돌
멩이로 약초를 짓이겨서 얕은 물에 약초즙을 뿌리면, 작은 송사리들이
약기운에 취하거나 질식해 물 위로 떠오르게 하는 고기잡이 방법이다.

석기시대 식 방법은 물고기가 작은 바위 밑으로 숨어 들어가면 큰
바위를 들어서 숨어들어간 바위를 힘껏 내리쳐서 물고기를 압사시켜
잡는 방법이요, 철기시대의 방법은 물고기가 숨어들어간 바위를 큰
해머로 내리쳐서 잡는 방법인데, 직접 물고기를 압사시키기 보다는
강한 충격으로 기절시키는 방법이다. 근대적인 방법은 반두와 그물로
잡는 방법도 많이 사용한다.

고기 병으로 잡는 방법도 있지만, 고기 병을 구하기가 어려워서 임시로 만들어 사용했다. 가장 큰 소주병 밑동을 실로 친친 감고 석유를 흠뻑 적신 후 불을 붙여 달군 다음, 곧바로 찬물에 넣으면 밑동이 똑 떨어지게 된다. 그런 밑빠진 소주병에 모기장으로 나름대로 우리식의 고기 병을 만들고, 그 안에 된장과 깻묵 참기름을 다져서 물고기를 유인한다. 가끔 큰 냄비나 양동이를 활용하기도 하고…….

자전거 헤드라이트 발전용 발전기에 전선을 연결하고 바퀴를 힘차게 돌려 만들어진 전기로 물고기를 잡기도 하고, 자동차 배터리를 빼내어 지게에 걸터 메고 전기를 사용해서 물고기를 잡기도 했다.

지금은 절대로 용납되지 않지만, 내가 중학생 때에는 새마을 운동이 시작되기 전후여서 냇가에 바위도 많고, 보나 둑도 많았으며, 물고기도 많아 흔히 접할 수 있는 광경이었다.

나는 중학교 때 물고기를 잡다가 큰 사고를 두 번이나 접한 적이 있다. 지금 생각하면 너무도 어리석고 무모한 일이었지만, 그 시절엔 그런 일이 많았다.

첫 번째 사고는 청산가리로 물고기를 잡던 때의 일이다. 내가 중학교 때에는 아버지께서 약국을 경영하셨는데, 하루는 아버지 몰래 독극물 약통에서 갓난아이 주먹만 한 청산가리를 20개를 몰래 훔쳐냈다. 청산가리의 치사량은 손톱이 긴 사람이 손톱으로 긁어낸 정도의 양만 사람이 먹어도 즉사하는 독성이 강한 독극물이다.

나는 동네 아이들을 모두 불러내어 양손에 큰 들통을 들고서 시냇가로 향했다. 청산가리를 빻아서 가루를 내고 빨래비누를 같이 풀어서 상류에 뿌렸다. 빨래비누를 푸는 이유는 비누의 방울이 흘러내려 가는 것을 보고 약기운이 어느 정도 까지 흘러내려 갔는지 알기 위해서였다.

대략 10분 정도 지나면 그 시냇가는 송사리에서부터 팔뚝만한 물고기까지 초토화가 된다. 물고기의 씨조차 말라 버리는 것이다.

청산가리를 마시고 죽은 고기는 십 수 명의 아이들이 양손에 들고 간 들통에 꽉 차고 남을 만큼 엄청나게 죽어 떠다닌다. 그러면 구경하던 사람들이 갈대를 꺾어서 물고기의 아가미에 꿰어 너도나도 잡아가기도 했다. 물고기를 잡은 즉시 물고기의 내장을 빼내면 사람에게 해가 없다고 여기던 시절이었다.

그렇게 한참 신나게 물고기를 잡고 있었는데, 갑자기 깊어진 물웅덩이에 헛발을 디딘 나는 물속에 푹 빠져 버렸고, 청산가리가 풀린 물까지 쏠싹 마셔 버렸다. 평소에 수영을 곧잘 했던 나였지만 졸지에 물에 빠져 허우적거리자, 친구들이 간신히 붙잡아 물속에서 꺼내 주었다. 덕분에 큰 사고는 모면할 수 있었다.

요즘은 청산가리로 물고기를 잡는 것 자체가 해서는 안 될 환경 파괴이고 엄청난 범법 행위이지만, 그 당시에는 그러한 개념 자체가 별로 없었다.

두 번째 사고는 다이너마이트로 물고기를 잡다가 발생한 사고였다.

한 친구 아버지가 탄광 다이너마이트 관리 소장이셨는데, 그 친구가 아버지 몰래 다이너마이트를 가지고 와서 물고기를 잡으러 가자고 했다. 그래서 나와 그 친구 와 또 다른 친구 이렇게 셋이서 물이 깊은 시냇가로 물고기를 잡으러 갔다. 그 친구는 심지에 떡밥을 붙이고 불을 붙였다. 나와 다른 친구 하나는 바위 뒤에 몸을 피하고 그 친구가 다이너마이트를 물 속으로 던지기를 기다리고 있었는데, 심지가 다 타들어 가는데도 그 친구는 너무 무서웠는지 다이너마이트를 던지지 못하고 있었다.

결국 던지는 순간 다이너마이트가 폭발을 했고, 친구는 큰 부상을 입게 되었다. 물론 치명상은 아니었지만, 그 친구는 그 후 약 한 달 만에 학교에 나왔는데, 왼손으로 글을 쓰는게 아닌가? 그 친구는 그 사고로 오른손 손가락 몇 마디가 절단되었던 것이다.

나는 꿩 사냥과 토끼 사냥을 많이 했고, 노루 사냥도 즐겨 했다.

꿩 사냥은 청산가리로 했다. 못 대가리를 망치로 납작하게 만들어 숫돌에 갈고 납작 송곳으로 만든 다음, 단단한 콩을 골라 속을 파내고 그 속에 청산가리를 넣은 후에 촛농으로 마감을 한다. 그런 다음 양지 바른 밭에다가 깨진 질그릇 조각 위에 그 콩을 군데군데 뿌리면, 꿩들이 그것을 먹고 주변에서 죽게 된다. 이런 꿩 사냥은 꼭 겨울에 해야 했는데 겨울이어야 먹이가 없어 효과적이고, 그래야 하루 이틀 정도 지나도 부패하지 않고 약 기운이 몸에 퍼지지 않기 때문이다.

어떤 때는 그 꿩고기를 제사상에 올리기도 했다.

토끼 사냥은 별다른 도구 없이 새끼줄만 가지고 가면 되었다. 폭설이 오는 날 산에 올라가면 미처 눈을 피하지 못한 토끼들이 눈 위에서 어기적거리고 있을 때 두 귀만 잡고 새끼줄에 매어 오기만 하면 된다. 간혹 도망치는 놈은 여럿이서 몰이를 해서 잡았다.

토끼는 앞다리가 짧고, 뒷다리가 길어서 눈 쌓인 산을 오르기는 잘하지만 눈이 많이 쌓인 경사지를 달리는 데는 몹시 힘겨워하므로, 위에서 아래로 몰아서 잡기도 했다.

나는 노루를 직접 잡아 보지는 못했지만, 재미있는 경험을 한 적이 있다.

큰아버지께서 산에서 나무를 한 짐 해서 지게에 지고 산에서 내려오시다가 노루를 발견하셨다. 한 쪽은 가파른 산이요, 다른 한 쪽은 계곡으로 된 오솔길을 걸어오시다가 가파른 산꼭대기 쪽에서 노루 두 마리가 놀고 있는 것을 보시고는 지게를 내려놓고 심호흡을 하신 후에 그 조용한 산 속에서 갑자기 큰 소리를 지르셨다. 놀란 노루가 한 마리는 산 쪽으로 도망쳤지만, 한 마리는 놀라서 오솔길로 뛰어왔다. 그 노루는 큰아버지의 외침소리에 혼비백산 한 나머지 반대쪽으로 도망을 가야 하는데, 큰아버지 쪽으로 달려왔고, 이에 놀란 큰아버지는 더욱 큰소리를 지르셨다.

그 소리에 놀란 노루가 이번엔 반대쪽 계곡으로 달아나다 떨어져 결국 기절을 했고, 큰아버지는 나뭇지게에 그 노루를 메고 오셨다. 물론 그 날은 온 동네가 풍성한 잔치를 벌였다. 하지만 노루 고기는 기름기가 거의 없어 맛은 별로였다.

어쨌든 멋진 추억거리가 하나 생긴 것이다.

03 초딩시절 당구 150

초중학교 시절에 나는 공부하기를 싫어했다. 초등학교 시절에는 태권도가 유행이었다. 쉬는 시간이나 점심시간, 혹은 방과 후에 친구들과 날마다 태권도 놀이를 했다. 4학년 때, 쉬는 시간에 친구들과 같이 태권도 놀이를 하다가 친구 녀석에게 급소 부분을 세게 맞았다. 짐작이 가겠지만 그곳이 엄청나게 부었고, 다음 날 나는 체육시간에 담임 선생님께 너무 아파서 쉬겠다고 했지만, 선생님은 허튼소리 말고 수업을 열심히 하라고 말씀하셨다. 나는 급소가 아프다고 말할 수 없었지만, 담임 선생님의 엄명에 사실대로 말씀을 드렸더니 꾀병으로 아시고 직접 보여달라고 하셨다. 나는 엄청난 오해를 받았으나 끝내 보여드리지 못했다. 담임 선생님이 여자 선생님이셨기 때문이다. 결국 어기적거리면서 체육시간 내내 꾹꾹 참으며 수업을 해야만 했다.

나는 초등학교 시절에 집에 없으면 영락없이 만화가게나 탁구장, 또는 당구장에 가면 찾을 수 있었다. 나는 초등학교 6학년 때 당구를

150을 쳤는데 300을 치는 군대간 외삼촌이 휴가를 나오면, 나와 같이 당구를 치곤 했다. 그 당시 미성년자는 당구장에 출입을 못 했는데 우리 약국 위층이 당구장이었고, 당구장 집 아들이 내 1년 후배였기 때문에 밤에 당구장 영업이 마감되면 둘이서 날마다 당구를 쳤다. 초등학교 때 이미 150을 치던 내가 지금은 겨우 200 수준이다.

나는 만화를 무척이나 좋아했다. 만화가게에서 만화를 보면 어머니가 찾아오시니까 만화방에서 계속 볼 수가 없었고, 빌려서 집에서 보면 어머니께 혼쭐이 나니까 나름대로 묘안을 찾아냈다. 겨울에는 집 뒷마당에 눈을 뭉쳐 눈집을 짓고 그 속에서 친구들과 만화를 보는 것이다. 겨울에 눈 집 속에서 만화를 보니 당연히 추웠고, 그 안에 난로를 피워놓고 만화를 보다가 눈 벼락을 맞은 적도 있다.

04 누드 닭

우리 집은 약 4백 평 정도였는데, 별명이 꽃집이었다. 외할머니께서 꽃을 좋아 하셔서 집 전체가 온통 꽃이었고, 나무 한그루에 살구가 만여 개 정도 열리는 살구나무 세 그루, 감나무 열여덟 그루. 앵두나무 그리고 온갖 채소 등이 가득해 충분히 자급자족할 수 있었다.

어느 날, 어머니께서 자식들 몸보신을 시켜 주시려고 집에서 키우는 토종닭 한 마리를 잡으셨다. 가마솥에 물을 끓이고 닭의 목을 비튼 다음 목을 깊숙이 베어 피를 빼냈다. 그리고 끓는 물에 닭을 담궜다가 털을 다 뽑아 놓았다.

죽었다고 생각하신 어머니께서 양념거리를 준비하려고 잠깐 부엌을 비운 사이에 그 닭이 도망가버렸다. 어머니와 나는 뒷마당에서 도주하는 목 베이고, 털 빠진 닭을 쫓아 다녔다. 그 때 그 모습을 상상하면 얼마나 기괴하고 웃기던지……! 지금도 가끔 그 이야기를 즐겨 하는데, 믿는 사람들이 거의 없다. 다들 나를 허풍이 센 놈으로만 생각하는 모양이다.

05 개념 없는 놈!

문경에는 일 년에 한 두 번씩 우시장에 약장수들이 오곤 했다. 약장수들은 2백여 명 정도 입장할 수 있는 큰 몽고식 텐트를 치고 약을 팔기 전후로 연극공연이나 악극을 공연했다. 그러면 나는 그 공연을 한 번도 놓치지 않고 다 보았다.

하루는 의자에 앉아서 열심히 공연을 보고 있는데, 등 뒤에 무언가 따뜻하고 부드러운 느낌이 들어서 돌아다보니 내가 은근히 마음에 두고 있던 옆집 여자애가 자기의 배를 내 등에 기댄 채로 연극에 빠져 있었다. 난 난생 처음으로 여자의 부드러움을 느끼게 되었다. 그 아이는 지금 서울 어딘가에 살고 있다고 한다.

우시장의 공연을 통해 연극을 좋아하게 된 나는 '대본'이라는 단어도 모르면서 이순신 장군이나 강감찬, 을지문덕 장군 등의 이야기를 대본으로 만들었다. 동네 아이들과 모여서 연습을 하고, 마분지로 세트를 만들고, 칼과 창, 방패 등을 만들어 우리 집 마당에서 동네 사람들을 관객 삼아 연극놀이를 하기도 했다. 물론 사투리로.

▲ 양계장을 개조해서 그룹지도

중학교 때는 무언가를 만들고 싶었고, 무언가 신기한 것을 하고 싶은 충동이 많았다. 그래서 돈이 많이 필요했는데 중학생으로서는 아무래도 무리였다. 용돈을 모으는 것으로는 부족했으므로 나쁜 방법을 많이 썼다. 우리 집은 '신신약국' 이라는 이름으로 약국을 경영하였는데, 아버지께서는 밤늦게까지 동네 아저씨들과 팔씨름 내기하는 것을 좋아하셨다.

아버지는 문경에서 알아주는 장사셨다. 심지어는 다른 지역 어른들까지도 문경으로 원정 오셔서 술내기 팔씨름을 저녁 내내 하시곤 했다. 그리고는 새벽에 잠이 드셨다. 그러므로 아침 등산을 가는 어른들의 박카스 대금은 모두 내 차지가 되었다. 내 주머니는 항상 돈으로 가득 차 있었다.

양장점에 가서 붉은 천으로 가운을 만들어 입고 밤거리를 누비고 다니며 여자아이들을 놀래 주기도 하고, 폭음탄을 토담이나 돌담 사이에 끼워놓아 지나가는 사람들을 놀라게 하기도 하였다. 허수아비를 만들어 붉은 옷을 입혀서 초가지붕 위에 올려놓고 반대편에서 줄을 당겨 떨어뜨리면서 기괴한 소리를 내기도 하며 온갖 장난을 다 치고 다녔다.

나는 문경에서는 도저히 구할 수 없는 귀한 물건이라도 거의 다 구할 수 있었다. 조립자동차, 무전기, 라디오, 카메라 등 주머니가 넉넉한 나는 무엇이든 살 수 있었다.

라디오를 즐겨 듣던 나는 어느 날부터인가 성우가 좋아 보였고, 또 흉내를 내보고도 싶었다. 그래서 문경보다 조금 더 큰 점촌으로 가서 녹음기를 샀다. 문경에서는 녹음기라는 것을 구경할 수가 없는 때였다.

나는 날마다 성우놀이를 하고 놀았는데, 어느 날 부모님에게 들키고 말았다. 돈의 출처를 말하지 않을 수가 없었다.

부모님께서는 내 앞에서 무릎을 꿇으시고 제발 사람 좀 되라며 눈물 흘리며 애원하셨다.

그렇지만 나는 아랑곳하지 않고, "엄마, 아버지 그럼 내가 짐승이란 말이에요?" 하고 꼬박꼬박 말대꾸를 해댔다.

지금 생각해도 정말 그때의 나는 정말 개념 없는 놈이었다.

나의 이런 개념 없는 짓은 이후에도 여전했다.

중 3때 양계를 하는 친구 집 양계장 사옥 하나를 깨끗이 청소하고, 거기에서 열 댓 명 정도가 그룹 과외를 받았다. 그 당시에는 중학교도 시험을 보고 입학했고, 고등학교도 입시를 치러야 했다. 그러나 나는 공부보다는 여자 아이들을 골려 주는 게 더 재미있었다. 방학 때는 아침부터 저녁까지 과외를 했고, 점심시간에는 도시락을 먹었다.

점심시간이 되면, 여자애들의 도시락을 몰래 꺼내 와서 도시락을 뒤집어 열고 서너 군데 숟가락으로 밥을 떠먹고는, 그 속에 살아있는 개구리를 집어넣고 점심시간이 되기만을 기다렸다. 식사시간 개시 후 2~3분이 지나면 여기저기서 여자애들의 자지러지는 비명소리가 들려왔다.

"남경읍 너 죽어!"

▲ 죽마고우 강무효의 형제들(우리집은 4남 1녀였는데 무효네는 결국 5남이 되었다.)

06 음주수업

우리 집과 학교는 걸어서 2분 거리에 있었다. 집이 가까워서 점심 식사는 항상 집에 와서 했는데, 하루는 식사를 하러 집으로 갔더니 추수한 벼를 탈곡하고 있었다.

시골에서는 추수를 하거나 탈곡을 하게 되면 집집마다 막걸리를 빚었다.

부엌에 가보니 술을 빚고 남은 술 찌꺼기인 술 찌기가 있었다. 언뜻 머릿속에 떠오르는 생각이 과외를 가르치던 이웃 형이 술 찌기에 설탕을 넣어 먹으면 맛도 있고, 술이 취하지도 않는다는 것이었다.

찬장을 열어보니 커다란 봉지에 들어있는 백설탕 한 봉지가 떡 버티고 있었다. 큰 양푼에 술 찌기를 담고 설탕 한 봉지를 다 쏟아 부었다. 잘 섞은 후에 맛을 보니 정말 달고 맛있었다. 한 두 숟가락 먹다보니 어느새 양푼은 다 비어 버렸다.

오후 첫 시간은 영어 시간이었다.

몸이 나른하고 잠이 솔솔 왔다. 수업시간 중인데 나는 코까지 골면

▲ 중3때 서울로 수학여행을 와서

서 잤다. 영어 선생님께서는 나에게 영어책을 읽어 보라고 시키셨다.
나는 혀 꼬부라진 소리로 영어를 읽어 내려갔다.

"남경읍, 이리 나와. 너 술 먹었냐?"

"아니용, 딸꾹!"

"하-아! 해봐."

"하아앙! 딸꾹!"

그 당시에는 사랑이라는 이름의 매가 난무하던 시대였다. 그날 나는
죽도록 맞았다.

그럭저럭 시간이 가고, 계절이 바뀌었다.

기나긴 겨울밤 자정 가까이 되면 골목 아이들이 우리 집으로 몰래
모여 들었다.우리 집은 골목 어귀 3분의 1쯤에 위치해 있었는데, 우리
동네에서 가장 깊은 우물이 있었다.

두어 시간동안 두레박으로 우물물을 퍼내어서 이곳저곳에 마구 버
린다. 그러면 여기저기 물바다가 되고, 수채에서도 물이 철철 넘쳐 골

목길이 온통 물바다가 된다.

우리들은 물바다를 확인하고 각자 자기 집으로 돌아간다.

추운 날씨에 밤새 골목길이 꽁꽁 얼어붙으면 그곳은 우리의 멋진 스케이트장이 된다. 그 때는 지금같이 멋진 스케이트를 구경할 수가 없었다. 그래서 우리가 손수 만든 썰매나 스케이트를 즐겨 탔는데, 소나무를 각자 발 크기로 자르고 반쪽을 켜서 잘 다듬은 다음, 밑 부분에 못과 철사로 스케이트를 만들어 그것을 지치면서 골목을 누비고 다녔다.

그럴 때마다 어른들은 연탄재를 골목에 뿌려 댔는데, 그런 날 밤이면 예외 없이 우리는 다시 빗사루 히니씩을 들고 와서 연탄재를 쓸어내고 다시 우물물을 길어 올려 또다시 물바다를 만들었다.

겨우 내내 골목의 얼음은 높이 쌓여만 갔다.

07 보문동 2가를 헤매며

문경에서도 피아노가 한 대 밖에 없는 예비군 중대장 아저씨 집은 우리 옆집이었다. 피아노가 있는 그 집은 2남 2녀였는데, 큰 딸은 나와 같은 학년이고, 2학년 아래인 여동생은 나와 동갑인 예쁜 아이였다. 나는 그 애를 짝사랑했다. 중학교 3년 내내 거의 매일 나의 불알 친구와 그 아이 집을 시계불알처럼 드나들었다.

우리 약국에 있는 의학 백과사전의 이상한 그림과 사진도 같이 보고, 여성용 생리대의 속을 신기하게 뜯어보기도 하면서 그 집 두 딸과 놀았다.

당연히 그 부모님들이 우리를 싫어할 수밖에 없었고, 우리에게 출입 금지령을 내려 드나들지 못하게 하셨다.

나는 화가 치밀어서 복수를 하기로 마음먹었다. 지금의 폭죽에 해당하는 폭음탄이라는 것이 있었는데, 초등학생의 새끼 손가락만한 크기의 화약이었다. 한 개만 터뜨려도 소리가 엄청나게 컸는데, 그런 폭음탄을 나는 3통이나 샀다. 1통에 대략 30개가 들어 있었다.

▲ 중2 시절

3통을 묶어서 동시에 불을 붙이고 그 집 마당에 던졌다. 그리고는 동네 한 바퀴를 돈 뒤에 10분 뒤쯤에 그 집 앞에 도착했다. 당연히 온 동네가 난리가 날 수밖에 없었다. 출입을 거절당한데다 말썽꾸러기인 우리들은 당연히 의심을 받았다.

하지만 우리에게 심증은 있으나 물증이 없었다. 그런 일이 있은 며칠 후에 그 집에서 키우는 세퍼드 새끼 두 마리가 죽고 말았다. 그리고 얼마 후에 그 아이 집은 서울로 이사를 갔다. 나는 너무나 큰 상실감에 아무것도 할 수 없었고, 여러 달을 멍하니 지냈다.

과외를 지도 하던 형이 'Out of sight, out of mind' 라는 말을 들려 주면서 시간이 지나면 좀 나아질 거라고 했지만, 나는 나아지기는커 녕 더욱 그리워지는 것이었다.

방학을 이용해 나는 혼자 서울로 향했다. 서울 동대문구 보문동 2가 라는 주소만 달랑 들고서……!

그 당시 보문동은 거의 모든 집이 단층 한옥이었다. 하루 종일 보문동 2가의 모든 집 대문을 노크하기 시작했다. 몇 시간을 돌아다닌 끝에 결국 찾아낼 수 있었지만 그 아이의 얼굴은 보지도 못하고, 그 아이 아버지에게 치도곤을 맞고 다시 문경으로 내려왔다. 몇 년 후 그 아이가 이화여대에 입학했다는 얘기를 전해 들었다.

연극을 시작했을 때 전단지를 뿌리는 내 담당구역은 신촌 지역이었다. 하루는 남루한 차림으로 이대 앞에서 전단을 뿌리고 있는데, 누군가가 나를 알아보고 아는 체 했다. 가만히 살펴보니 바로 그 아이였다. 수업 시간에 쫓겨서 이야기도 몇 마디 나누지도 못하고 그냥 헤어졌다. 그리고 25년간이나 만나지 못했다. 몇 년 전에 'TV는 사랑을 싣고'에서 그 아이와 재회했다.

알고보니 같은 방배동에 살고 있었다.

08 아버지의 눈물

키가 작아서 해마다 맨 앞줄에 앉았는데, 중학교 3학년 때 운동화 속에 돌멩이를 집어넣고 나만의 키높이 신발을 만들었다. 나는 처음으로 두 번째 줄에 앉게 되었다. 키 순서대로 반 번호가 매겨졌는데, 나는 13번이었다. 앞줄에 은폐물이 있어서 선생님들의 눈을 피해 공부 이외의 온갖 짓을 할 수 있었다. 앞줄에 앉은 아이를 온갖 방법으로 괴롭혔다. 하지만 그 아이는 나에게 항변을 하지 못했다. 내 주위에는 든든한 아이들이 많았기 때문이다.

나는 그 당시 용돈이 두둑했다. 물론 그 용돈은 옳지 못한 방법으로 마련한 것이었는데, 어머니 곗돈 훔치기, 약국의 금고 축내기 등으로 모은 것들이었다.

항상 내 주변에는 가난하지만 힘깨나 쓰는 친구들이 많이 따라 다녔다. 찐빵이나 만두를 500원어치만 사더라도 10명은 배부르게 먹을 수 있었다. 내 주머니에는 5천 원에서 만 원쯤은 항상 들어 있었다. 커닝을 위해 공부 잘 하는 친구들도 내 주위에 항상 있도록 관리했다.

그러던 어느 날 나에게 매일 괴롭힘을 당하던 한 친구가 내게 슬며시 다가왔다. 자기 동네의 여학생을 나에게 소개 시켜주면 더 이상 괴롭힘을 당하지 않을 거라는 생각이었을 것이다.

하루는 그 친구가 나에게 편지를 가지고 왔다.

"경읍아, 이거 변소 가서 읽어 봐라."

"이게 뭔데?"

"진숙이가 너 갖다 주라고 하더라."

난생 처음 여자에게서 받아보는 편지라 마구 떨렸다. 떨리는 마음으로 편지를 읽어 내려갔다.

"오빠, 진작부터 오빠하고 사귀고 싶었어, ……중략…… , 언제 한 번 밤중에 초등학교 뒷산에서 만나제이."

그 때부터 그 아이하고 거의 매일 밤에 만나기 시작했다. 우리 집은 약국과 본채 두 군데였기 때문에, 새벽까지 놀다가 들어오더라도 약국에서 공부하고 왔다든가 본채에서 공부하고 왔다고 하면 모든 것이 만사형통이었다.

▲ 중2 시절

그 당시는 통행금지가 자정부터 새벽 4시까지 있었는데, 문경은 탄광지역이었고 광산이 24시간 내내 가동되고 있어서 통행금지가 지켜지지 않았다.

그 여자 아이도 나를 만나는 데 늦은 시간이라고 문제가 되지 않았다. 그 당시의 집 구조는 대문이 아예 없거나 길거리에 바로 방문이 있는 경우가 많았으니까. 만나서 하는 얘기라야 고작 집안 부모님 이야기, 학교 선생님들 이야기, 친구들 이야기 뿐이었다. 그래도 재미있었다.

그렇게 시간을 보내다 보니 공부와는 완전히 거리가 멀어지기 시작했다. 중간고사도 시험 준비를 하지 못하고 시험을 맞이하게 되었다.

고민이 이만저만 아니었다. 아버지가 워낙 무서웠기 때문에 어떻게든 점수가 잘 나와야 했다. 기발한 방법이 떠올랐다. 며칠 전 교무실 앞을 지나가다 사환아이가 시험지를 캐비닛 속에 넣는 모습을 보았던 것이다. 그런데 다행히도 그 사환아이는 초등학교 동창이었다. 그 당시는 초등학교까지만 의무교육이어서 중학교는 시험을 봐야했고, 등록금도 내야만 했다. 그러나 그 아이의 집안 형편은 너무 좋지 않았다. 아버지가 매일 아침 깡통을 들고 집집마다 다니면서 먹다 남은 음식을 구걸해서 연명을 하는 집안이었다. 그 당시는 그렇게 구걸하는 사람들이 많았다. 그래서 그 앤 중학교에 진학하지 못하고, 중학교에 사환으로 일을 하는 중이었다.

그 친구를 다과점(지금의 제과점)으로 불러냈다. 그 당시에는 미성년자는 다과점 출입이 금지되었지만, 내가 가면 주인 아주머니는 골방으로 나를 모셨다. 대단한 고객이기 때문이었다.

나는 사환 친구와 함께 골방으로 안내를 받았다.

"아주무이요, 여기 제일 맛있는 걸로 잔뜩 주이소."

"니, 왜 이러는기라?"

친구가 눈이 휘둥그레졌다.

"어, 니 요즘 고생이 많은 거 같아서. 부담 갖지 말고 마이 묵어라."

태어나서 처음 먹어보는 풍성한 빵을 정신없이 먹는 친구에게 잠시 시간이 흐른 후에 얘기를 꺼냈다.

"사실 부탁이 있어 보자고 했다. 나 중간고사 시험지 좀 빼주라. 영어. 수학만 있으면 된데이."

친구는 일언지하에 거절했지만, 내가 하도 간곡하게 부탁을 하니 그 친구는 하는 수 없었던지 약속 날짜를 잡아 주었다. 약속한 날 약속한 장소에 가서 밤늦게 만났다. 캄캄한데서 시험지를 건네주는 데 부피가 상당했다.

"뭐가 이렇게 많노?"

"집에 가서 펴봐라."

일단 집에 와서 깊숙한 곳에 감추어 두었다.

우리 집은 방이 상당히 많았다. 우리가 사는 골목은 이른바 '문경의 압구정이었다.' 우리 약국 바로 옆에 광부 아저씨들이 자주 찾는 막걸리 집이 있었는데, 자그마한 거실 한 칸과 좁은 공간에 손님 몇 명을 받을 수 있는 아주 작은 주막이었다. 그 집 아들이 나와 동기였는데, 하루는 그 집 앞을 지나가는데 친구가 주막 밖 길거리에서 사과 궤짝을 책상 삼아 공부하는 것을 보았다. 거실과 가게에 손님들이 꽉 차서 쫓겨났다는 것이다. 그 친구는 전교 1,2등을 하는 친구였다.

앞으로는 내 방에서 같이 공부를 하자고 나름대로 선심을 썼다. 다음 날부터 우리 집에서 공부했는데, 그 친구가 열심히 공부할 때 나는 만화책을 열심히 읽었다. 물론 부모님들께 들켜서 자주 혼나기도 했다.

여느 날처럼 그 날도 그 친구가 올 시간이 되었다. 그래서 시험지를 깊숙이 감추고서는 친구를 기다렸다.

친구가 왔다.

"오늘 내 몸이 안 좋으니까 오늘만 너희 집에서 해라."

친구를 쫓아 보내고서는 참고서를 펴놓고 열심히 답을 적어내려가기 시작했다.

친구는 나의 연기가 어설펐는지 내 방문을 나서자마자, 2층 옥상과 같은 층에 있는 내 방 창문을 통해서 나의 행동을 훔쳐봤다.

다음 날 친구는 학교 학생부에 그 사실을 알렸다.

나는 정답을 적은 커닝 페이퍼를 곳곳에 붙여 놓고 연기를 하기 시작했다.

국어, 사회, 농업, 과학 등은 95점에서 100점 사이로, 영어나 수학은 80점 이상으로 배점을 했다.

시험이 치러진 며칠 후에 학생부장 선생님의 호출을 받았다.

"경읍이 이번 시험 아주 잘 봤데이."

"네, 열심히 준비했습니더."

그 순간 솥뚜껑만한 선생님의 손이 내 뺨으로 날아왔다.

"이눔의 시키! 시험지 어디서 났노? 넌, 퇴학이데이. 내일부터 당장 학교 나오지 마래이."

하늘이 무너지는 것 같았다.

"제가 캐비닛에서 훔쳤습니더."

죽도록 매를 맞고서 학교를 빠져 나왔다. 너무나 울화통이 터져서 복수를 하고 싶었지만, 어린 중학생인 나로서는 거구인 선생님을 당할 재간이 없었다.

모험심이 강하면서도 겁도 많은 친한 친구 하나를 꼬드겼다.

"우리 내기 하나 해보제이. 누가 학교 유리창 많이 깨나."

"그걸 어떻게 하노?"

"학생부장 선생님 숙직하는 날 잡제이. 그 선생님은 숙직 날 술 엄청 마시고 밤새 자더라."

그 친구를 잘 꼬드겨서 행동을 하기로 했다.

드디어 그 날이 왔다. 예상대로 학생부장 선생님은 술을 마시고 곯아 떨어지셨다. 당시에 우리 학교 숙직실은 인적이 드문 한적한 곳에 있었는데, 한옥 기와집으로 창문이나 방문은 한지로 되어 있었다. 선생님이 깊이 주무시는 것을 돌멩이를 던져서 확인한 후, 미리 준비한 고무총을 가지고 먼발치에서 유리창을 깨기 시작했다. 아마 학교 유리창을 3분의 1쯤 초토화시켰을 것이다.

다음 날 아침 나는 아무 일 없다는 듯이 학교로 갔다. 당연히 학교는 난리가 나 있었다. 학생부장 선생님의 유도심문에 맥없이 넘어간 우리는 자백할 수밖에 없었고, 나는 이제 아마도 초죽음이 될 신세였다.

우리 약국은 학교 정문 바로 앞이었기 때문에, 내가 수업 시간에 조는 것 하나까지 아버지는 다 아신다. 선생님들이 퇴근하실 때마다 아버지는 박카스 한 병씩을 선생님들에게 서비스를 하시는데, 박카스를 드시면서 오늘 학교에서 일어난 나에 대한 모든 것을 얘기하시는 것이다.

살아날 수 있는 유일한 방법은 오로지 하나 가출뿐이었다.

바로 옆집이 오토바이 상점이었는데, 그 집 아들이 2년 후배라서 학교 운동장으로 불러냈다. 잠깐만 오토바이를 타고 돌려주겠다고 하고서는 기본적인 운전법을 배웠다. 물론 둘러맨 가방에는 어머니의 겟돈이 두둑이 들어있었다. 자전거는 탈 수 있었고, 매일 어른들이 타는 것을 보아온 터라 오토바이 운전은 별로 어렵지 않았다. 후배에게 한 시간 뒤에 오라고 하고서는 학교 운동장을 몇 바퀴 더 돌면서 연습을 했다.

서울을 향해 학교 정문으로 내달리는 순간, 앞에 할머니 한 분이 유모차를 끌고 언덕 아래로 내려오고 계셨다. 그 할머니는 내려오시다가 힘에 부치셨는지 빠른 속도로 미끄러져 내려오고 계셨다.

순간 나는 당황한 나머지 브레이크를 잡지 못하고, 기어페달을 밟고

악셀을 잡아당기고 말았다. 유모차는 튕겨져 나갔고 할머니의 허벅지를 그대로 치고 말았다. 정신을 차려 보니 순경 아저씨들과 학교 선생님들, 친구들이 걱정스레 나를 지켜보고 있었다.

그 할머니는 하순경 아저씨의 어머니였다. 하순경님은 아버지의 친구 분이셨고, 할머니는 우리 할머니의 민화투 짝인 친구 분이셨다. 나는 문경지서로 끌려갔다. 우리가 하순경 아저씨에게 꾸어준 많은 돈을 받지 않기로 하고, 할머니가 완치되실 때까지 모든 치료비를 부담하기로 하며, 날마다 내가 등하교시에 할머니에게 문안인사 드리기 등의 조건으로 합의를 하고서 나는 아버지의 손에 인계되어 파출소에서 풀려나왔다. 그런 일이 있었어도 학교는 아직 퇴학 상태는 아니었다.

집으로 끌려간 나는 아버지 앞에 무릎을 꿇고 앉았다. 아버지가 한참 동안을 나를 내려다보시다가 잠깐 밖으로 나가시더니 무언가를 들고 오셨다. 무릎을 꿇고 있는 내 앞으로 무언가 나풀거리며 떨어졌다. 오백원 짜리 지폐가 몇 장 떨어졌고, 아버지의 눈에서도 눈물이 뚝뚝 떨어졌다. 슬며시 올려다보니 아버지께서 침통한 표정으로 울고 계셨다. 그동안 모든 말썽을 다 피우던 나였지만 산 같던 아버지가 초췌한 모습으로 우는 모습을 보니 나도 마음이 찢어지도록 아팠고 내 잘못에 대한 회한이 밀려와 나도 엉엉 울었다.

▲ 신신약국 시절 아버지

"마지막 수단이다. 박 장로님 댁에 가서 성경과 찬송가를 사서 새로운 마음으로 교회에 열심히 다녀 봐라."

나는 모태신앙으로 계속 교회를 다니고 있었지만, 그 동안은 여자 아이들 보는 재미나 후배 아이들을 괴롭히는 재미로 교회에 다니고 있었다. 눈물범벅이 된 얼굴을 씻고 나서 장로님 댁에 가서 성경과 찬송가를 샀다. 그리고 아버지의 눈물을 떠올리면서 많은 생각을 했고, 그동안의 철없는 내 행동에 대해 깊이 참회하게 되었다. 그런 우여곡절을 뒤로 하고 여러 사정으로 나는 고등학교를 서울로 유학 오게 되었다.

09 복동아! 복동아!

중학교 때 개인과외 선생이던 형이 서울에서 제일 높은 고등학교를 지망하라고 권유했고, 나는 그대로 따랐다. 그 당시에는 고등학교도 입시 시험을 봐야 했는데, 어쨌든 나는 합격했다. 알고 보니 내가 들어간 학교는 성적이 제일 높은 학교는 아니었으나 학교 위치만큼은 서울에서 제일 높은 곳에 있는 학교였다. 그래도 상관없었다. 문경에서 서울의 고등학교에 합격했다는 자체만으로 스스로 대견했다.

나는 서울 흑석동에 사시는 이모님 댁에 혼자 올라왔다. 다닐 만한 교회를 열심히 찾던 중, 전도사님 한 분이 무척 마음에 드는 교회를 찾았다. 열심히 다녔고, 고등학교 2학년 때에는 교회의 학생회장과 학교의 반 종교부장도 되었다. 서울에 와서는 학교와 집, 교회만 열심히 다녔다.

고등학교 3학년 때에는 학교 전체 종교부장이 되었다. 여름 방학이 되면 교회 회지도 직접 등사하고 복사해서 발행했고, 여름 성경학교

▲ 중3 때 서울로 수학여행을 와서

에서 아이들에게 동화도 들려주고 노래도 가르쳤으며, 각 절기마다
어른 성가대에 뽑혀서 크리스마스 칸타타, 헨델의 메시아, 부활절 칸
타타 등 열심히 봉사했다. 그리고 중창단을 만들어 각 교회에 순회공
연도 했다.

아버지와의 약속을 지켰다. 나의 모습은 180도 달라졌다.

우리 학교는 미션계통의 학교였기 때문에 교내 성경동화 대회가 해
마다 열리고 있었는데, 고등학교 3학년 때도 종교부장이었기 때문에
의무적으로 출전해야 했다.

다른 아이들과 달리 독특하게 1인 다역으로 준비해 모노드라마 형
태로 발표했고, 대상을 받기도 했다. 다른 아이들은 출전 번호와 본인
의 이름, 그리고 동화 제목 등을 발표하고 동화를 시작했지만, 나는 조
금은 특이했던 것 같다. 이름과 출전 번호 등을 생략하고, 무대 뒤에서
시작했다.

"복동아, 복동아!"

고등학생들이 성경동화를 좋아하지 않았으므로 다들 잠자는 시간이 바로 성경동화 대회 시간이었다. 내가 갑자기 "복동아"하고 소리치면서 등장하자 아이들의 시선이 집중됐고, 갑자기 웃기 시작했다. 복동이는 우리 담임 선생님의 이름이었기 때문이었다.

나는 그때 동화 형태가 아닌 1인 다역으로 '다윗과 골리앗'을 구연했다. 심사위원장 선생님께서 내가 졸고 있는 아이들을 다 깨운 것이 50점 이상의 점수를 따놓고 시작했다고 촌평을 해주셨다.

나는 나 자신도 의식하지 못한 채 배우로서의 소양을 쌓아가고 있었다.

▲ 고3 때 유복동 담임선생님과 함께
(앞에서 두번째 줄 왼쪽에서 네번째가 필자)

10 쏟아지는 소라소리

경에서 아버지가 약국을 경영하셨고, 외할아버지께서는 국회 의원을 지내셨으므로 우리는 꽤 풍족하게 살았다. 우리 집이 있는 골목은 '문경의 압구정'이었고, 집이 두 채나 있었으며, 그 중 하나는 약 400평이나 되었다.

그러던 중 내가 중학교 3학년 때 아버지가 새로 벌인 사업의 실패로 가세가 완전히 기울어 빚쟁이에게 쫓기다시피 서울 흑석동 단칸방으로 이사를 왔다. 서울 생활 초기에는 병드신 할머니와 함께 일곱 식구가 방 한 칸에서 칼잠을 잤다.

아버지는 서울로 오신 이후로 전국 각지의 명산대찰을 다니시면서 붓글씨만 쓰셨다. 일 년에 두어 번 집에 오시는데 하루만 머무시고 다음 날 아침 쥐꼬리 만한 몇 푼 안되는 생활비만 던져놓고 이내 떠나셨다. 그러다가 돌아가시기 한 달 전쯤 집으로 돌아오셨다.

어머니는 행상으로 집안 살림을 꾸려야 했고, 4남 1녀의 학비도 감당해야 했다. 맨 먼저 시작하신 장사가 소라 장사였다. 화덕에 구공탄

두 장을 넣고, 냄비에다 소라를 삶아서 신문지로 깔대기 모양의 봉지를 만들어서 팔았다.

한 봉지에 10원씩!

흑석시장 모퉁이를 돌면서 장사를 하셨는데, 옛날에는 시장 경비아저씨들이 주먹 출신이었나 보다. 거칠고 힘깨나 쓰는 덩치 큰 경비 아저씨들이 처음 보는 아줌마가 시장에서 장사하니까 어머니를 계속 쫓아내셨다. 하지만 유일한 생계 수단인 소라 장사를 하지 않을 수가 없었으므로 어머니는 그들과 실랑이를 많이 벌였다.

하루는 어머니께 부탁할 것이 있어서 시장으로 가다가 먼발치에서 어머니를 보았다. 그날도 경비 아저씨들과 어머니 사이에 실랑이가 벌어졌다. 결국 경비 아저씨들이 화덕을 발로 걷어찼고, 화덕이 넘어지면서 냄비에 담긴 소라가 모두 다 쏟아져 버렸다. 어머니는 바닥에 쏟아진 소라를 정신없이 다시 냄비에 주워 담으셨다.

'좌르르륵'

나는 초등학교에 6살에 입학했기 때문에 고1때 내 나이는 15살인 중2의 나이였다. 사춘기인 나에게 그 소리는 아직도 잊혀지지 않고 내 머릿속에 강하게 남아있다.

11 예술가의 장한 어머니상

그 후에 돈을 조금 모으신 어머니는, 흑석시장에서 정당하게 자릿세를 지불하고 노점장사를 시작하셨다. 처음에는 채소 장사를 하시다가 줄곧 30년간 생선 장사를 하셨다.

매일 새벽 4시에 노량진 수산시장에서 물건을 떼어 그 물건을 머리에 이고, 버스를 타고, 흑석시장까지 들고 오셨다. 지금이야 전화로 물건을 주문하면 상점까지 가져다주지만 예전에는 그런 수단들이 없었다.

부녀자가 생선 장사를 하는 것은 쉬운 일이 아니다. 동태는 너무 얼어붙어서 궤짝째 머리 위까지 들어 올려 땅바닥에 몇 번이고 내동댕이쳐야 틈이 생기고, 그 틈으로 칼을 집어넣어서 한 마리 씩 분리해 내는 게 여간 힘든 일이 아니다. 그래서 어머니의 어깨는 성할 날이 없었다.

명절이면 수십 마리의 동태포를 떠야 했으므로 손이 가시투성이였다. 겨울이면 손발과 얼굴이 온통 동상으로 시퍼래지셨다.

▲ 고3 때 유복동 담임선생님과

　가을에는 아버지의 고향 경북 봉화로 가서서 고추를 직접 떼어다가 생선궤짝 옆에다 두시고는 두 가지 장사를 하셨다. 그렇게 30년을 고생하시면서 자식들을 대학까지 보내셨다. 물론 피아노도 사주시고, 자식들이 원하는 것은 무엇이든 다 사주셨다.

　고등학교 3학년 때의 일이다. 학교에서 친구들과 점심 도시락을 먹는데, 다른 아이들의 밥은 젓가락으로 잘 집어지는데 내 도시락은 밥알이 계속 흐트러졌다. 그날 집에서 어머니에게 여쭤 보았다.

　"엄마, 왜 우리 밥은 계속 흐트러지는 거야. 밥 짓는 솜씨가 안 좋은 것 같아요."

　장가가서 몇 년 후에 들은 얘기지만, 그날 어머니는 밤새 엄청 우셨다고 한다.

　돈이 없어서 정부미에 잡곡을 섞어서 밥을 지었기 때문에 끈기가 없어서 그랬다는 것이다.

　그런 고생을 하시던 어머니는 내가 연극을 하겠다고 했을 때,

"하고 싶은 걸 해야 한다. 넌 끼가 있는 것 같아. 돈은 있다가도 없는 거고, 없다가도 있는 거니까 너무 돈만 벌려고 아등바등 하지 마라."

그러면서 내가 연극을 시작하는 것을 허락해 주셨다.

그 당시 나는 내 나름대로 매일의 연습 스케줄을 짜놓고 생활하고 있었고, 하루의 마지막에는 나름대로의 채점을 했는데 그 일정의 제일 마지막 수순은 '어머니 안마' 였고, 그것이 지켜지지 않으면 아무리 연습을 많이 했다하더라도 그 날 점수는 빵점으로 채점했다.

나는 요즘도 텔레비전에서 어머니에 관한 드라마가 나오면 계속 눈물이 나서 잘 보지 못한다.

2004년, 어머니는 '예술가의 장한 어머니 상' 을 수상하셨다.

▲ ??

02

뮤지컬! 뮤지컬

12 가고파 다방

나는 고등학교 때까지 음대 성악과를 진학하기로 마음 먹었었다. 하지만 가정 형편상 레슨비 부담 때문에 포기할 수밖에 없었고 대학 진학마저도 포기했다. 그래서 고3 말에 담임선생님에게 학교를 자퇴하고 자동차 정비기술을 배우겠다고 말씀드렸다. 담임선생님은 그 말씀을 듣자마자 당구 큐대로 내 종아리를 50대 정도를 내리치셨다. 약 한 달 동안 절룩거리면서 다녔다. 물론 자퇴를 하지 못했고 졸업을 했다. 결국 입시도 치르지 못했다.

나는 재수를 하면서 내가 돈을 벌어야겠다는 마음으로 아르바이트를 시작했다. '계몽사' 출판사의 문학전집을 팔기도 했고, 신문 외판도 하고 사촌 형과 함께 토마토 등 채소나 과일을 리어카에 싣고 다니며 장사를 했다. 그러면서 나의 진로에 대한 생각을 많이 했다. 성악을 계속 하고 싶었지만 레슨비 부담이 만만치 않았다.

'돈이 적게 드는 전공은 뭘까?'

미대를 가야겠다는 생각으로 미술학원에 등록했다. 처음 한두 달 석

고데생을 할 때는 연필과 종이만 있으면 되었지만, 수채화를 시작하면서부터 재료비가 만만치 않게 들어가기 시작했다. 두어 달 하다가 그것도 포기하고 말았다.

'돈이 들지 않고 몸으로 때울 수 있는 과는 없을까?' 중학교 때 체조를 좀 했기 때문에 체대에 가기로 마음먹고, 종로2가에 있는 YMCA의 기계체조 클래스에 등록을 했다. 하지만 가정 형편상 고기를 못 먹어서 인지 구르기 몇 번, 공중회전 몇 번만 하면 앞이 빙글빙글 돌고 픽픽 쓰러지기 일쑤였다. 나는 실의에 빠져 무슨 일을 해야 할지 몇 날 며칠을 고민만 했다.

'도대체 내가 갈 수 있는 대학이 어디일까?' 하루는 머리를 식히기 위해 흑석동에서 수유리까지 가는 84번 중앙여객 버스에 몸을 실었다. 화계사 뒷산에서 이런 저런 생각을 하고 있는데, 어떤 사람이 무비카메라(현재는 캠코더)를 들고 무언가를 열심히 찍고 있었다. 나도 모르게 그 사람의 뒤를 졸졸 따라다녔다. 한 참 지난 뒤에 그 사람은 계속 나를 의식하면서 불편해 했고 결국 작업을 방해하지 말라고 나에게 일렀다. 나는 죄송하다는 말을 남기고 산을 내려가는데 그가 나를 다시 불렀다.

"당신 이런 일에 관심있소?"

나는 그냥 신기해서 따라 다녔는데 죄송하게 되었다고 이야기 했다.

그가 자기를 소개하며 말했다.

"현재 중앙대학교 연극영화과 재학 중이고, 제대 후에 복학해서 영화연출 전공 중인데 졸업 작품을 찍고 있소. 내가 당신을 다시 부른 이유는, 당신 얼굴을 보니까 연극배우를 하면 잘 어울릴 것 같은데, 혹시 연극을 해 보고 싶은 마음은 없소?"

그런 생각은 해 본적이 없다고 하자, 자기 친구가 현재 삼각지에서

'극단 세대' 라는 곳을 운영하고 있는데, 부모님과 상의하고 생각을 해 본 다음 며칠 후에 흑석동 중앙대 앞에 있는 '가고파 다방' 으로 모월 모일 모시까지 오라고 말했다.

저녁에 집에 와서 어머니에게 말씀을 드렸더니 어머니께서 흔쾌히 말씀하셨다.

"넌 어릴 때부터 끼가 있었으니까 하고 싶으면 한 번 해 봐라."

'내가 과연 끼가 있을까?' 나는 과거를 되돌아 보았다. 나의 재미있 었던 수많은 추억거리, 초등학교 때의 율동경연대회, 교회에서의 예 수님 역할, 중학교 시절의 많은 치기어린 행동들, 고등학교 시절에 성 경동화대회 대상, 재수 초반에 교회에서 유년부 학생들에게 성경동화 를 1인 다역으로 들려줘서 인기가 꽤 많았던 기억들, 이런 것들을 미 루어 생각해 보니까 연극배우를 하면 꽤 재미있을 것 같았다.

약속한 날 약속 장소에 나갔더니 산에서 만났던 그 사람과 친구 분 이 정말로 나와 있었다. 간단한 인사를 하고 삼각지에 있는 극단으로 가서 오디션을 보았다. 대사는 비극적인 대사로 오디션을 보았는데, 연출가 분이 상당히 큰 소리로 깔깔대며 웃었다. 나는 당황했다.

"감정도 좋고 여러 가지로 좋지만 사투리가 너무 심해. 사투리만 고 치면 좋은 배우감이야."

극단 건물은 너무 낡았고 화장실은 찌든 때로 더러워서 사용할 때마 다 고역이었다. 우선 염산을 사다가 화장실 청소부터 시작했다. 몇 년 이나 때가 끼었는지 몇 시간을 청소했다. 아침에 제일 먼저 나와서 청 소부터 열심히 했다. 물론 그 극단에서는 공연을 하지 못했다. 하지만 서울예대 출신들이 많은 극단이라 여러 가지 정보를 많이 접했고, 서 울예대를 목표로 삼고 실기준비를 했다. 그리고 그 해 겨울에 서울예 대 시험을 보게 되었다.

13 이태리 비둘기

서울예대 시험은 필기시험과 영화 감상문, 실기시험 그리고 면접으로 나누어 보았다. 필기시험은 솔직히 자신이 없었다. 고등학교 3학년 초에 대학 진학을 포기했었기 때문에 그때부터 공부에서 손을 놓았기 때문이다.

필기시험을 자신 없게 보고 난 뒤 실기시험을 보았다. 실기시험은 두 가지였다. 하나는 주어진 대사를 하는 것이었고, 또 하나는 즉흥연기였는데, 세 가지 중에 하나를 골라서 하는 것이었다.

첫 번째는 벤치에 앉아서 비둘기에게 모이를 주는 것이고, 두 번째는 치과에서 치통을 호소하는 것이고, 세 번째는 선물로 받은 상자를 열어보는데 계속 상자가 나오다가 마지막 상자 속에서 개구리가 나온다는 상황이었다.

나는 첫 번째를 선택했다. 즉흥연기를 통해서 과연 심사위원이 수험생들의 무엇을 볼 것인가를 생각했다. 내 나름대로는 수험생의 상상력과 창의성, 그리고 표현력을 볼 것이라는 생각으로 주제에 대한 상상을 하기 시작했다.

'비둘기는 무엇을 연상시킬까? 아! 평화 그리고 시청 앞 광장, 그리고 이태리의 나보나 광장의 트레비 분수대. 그래 나는 현재 정년퇴임한 음대 성악과 교수이고 남산에 아침 운동을 와서 휴식을 취하려고 벤치에 앉아 있는데, 비둘기 한 마리가 내 앞에 앉아있다. 옛날 이탈리아 유학시절에 나보나 광장에서 햄버거를 먹으면서 비둘기에게 모이를 주던 시절을 회상하며 비둘기에게 모이를 주자' 라는 설정을 하기로 했다.

주어진 대사는 나름대로 열심히 했다. 교수님들의 반응이 좋다라고 느꼈다. 즉흥연기를 밀표히는 순서에서는 난감해지기 시작했다. 왜냐하면 내가 설정했던 것을 다 대사 없는 마임으로 해야 했기 때문이다. 그 설정들을 말없는 마임으로 표현할 수 있는 능력이 없었던 것이다. 할 수 없이 교수님들에게 표현하기 전에 잠깐만이라도 설명을 드리면 되지 않겠냐고 말씀드렸지만 통하지 않았다. 몇 번이고 사정을 했지만 주어진 시간이 초과되었기 때문에 시험장에서 쫓겨나올 수밖에 없었다.

막 퇴장당하는 순간, 가운데 계신 여교수님께서 짤막하게 설명을 하고 표현을 해 보라고 하셨다. 나는 나름대로 설명을 드린 뒤에 실기시험을 치렀다.

며칠 후, 면접시험장에 들어갔다. 교수님이 두 분 계셨는데, 그 전 실기시험장에 계셨던 두 분이었다. 수험번호를 힘차게 외쳤다.

"아! 이태리 비둘기구만."

남자 교수님께서 웃으면서 나를 기억해 주셨다. 나는 용기가 생겼다. '그 많은 학생 중에 나를 기억하시는구나.' 교수님은 나의 자료들을 보시더니,

"필기시험 성적이 왜 이 모양이야?"

나는 다시 가슴이 철렁 내려 앉았다.

"예, 재수하면서 등록금을 벌어야 했기 때문에 공부를 많이 하지 못했습니다. 하지만 합격시켜주신다면 열심히 해서 장학금도 받을 수 있게 하겠습니다."

"만약 합격한다면 어떤 자세로 학교생활에 임하겠나?"

"무대에서 살고 무대에서 죽겠습니다."

"저 친구, 안되겠구만. 자네가 무대에서 죽으면 우리가 장례를 치러 줘야 하잖아?"

"네?"

자신감과 희망이 내 가슴에 다시 차오르기 시작했다. 교수님께서 농담을 하신 것이다.

"특기가 뭔가?"

"네, 성악입니다."

교수님께서 노래를 해보라고 하셔서 있는 힘을 다해 '선구자'를 불러 제꼈다.

"그게 고함이지 노래야?"

"앗! 죄송합니다."

며칠 후 합격자 발표 명단에 내 이름이 들어있었다. 그렇게 서울예대 연극과에 76학번으로 입학하게 되었다.

14 뮤지컬! 뮤지컬!

청운의 꿈을 안고 연극과에 입학하고 보니 내 동기 40명이 나하고는 전혀 다른 세계의 사람들 같았다. 남학생들은 키도 크고 너무도 멋졌고, 여자 동기생들은 모두 다 예뻤다. 목소리도 태어나서 처음 들어보는 '목욕탕 목소리!'

나와는 비교도 되지 않는 그런 학생들이었다.

나는 그만 주눅이 들고 말았다. 날마다 그 아이들의 모습을 입을 헤벌린 채 바라만 보고 있는데, 어느 날 나와 똑같이 입을 헤 벌리고 있는 또 다른 동기생이 한 명 더 있었다. 그 애와 나는 눈이 마주쳤고, 이내 친해졌다. 그리고 우리는 서로의 앞날을 걱정하게 되었다.

"어떻게 저런 애들을 따라 잡을 수 있을까? 방법은 하나 밖에 없다. 소처럼 우직하게 변치 말고 열심히 하자."

우리 두 사람은 35년이 지난 지금도 그 약속을 지키고 있다. 그리고 40명 중에 연기자로 남은 사람은 우리 둘 뿐이다. 그 친구가 바로 탤런트 유동근이다.

그 당시 서울예대 수업시작 시간은 아침 9시였다. 나는 새벽차를 타고 명동에 있는 학교로 갔는데, 도착 시간은 매번 5시 30분이었다. 그때부터 내 스스로의 개인 연습 스케줄에 맞춰서 연습을 하기 시작했다. 발성 연습, 체력 연습, 탈춤, 기계 체조, 피아노 연습, 발레, 모던 발레, 재즈, 한국 무용, 연기 과제, 리포트 등.

날이 밝아오면 6층 건물인 극장 옥상에 올라갔다. 난간에 올라서서 느린 걸음으로 걷거나 빠른 걸음으로 걷기를 눈이나 비오는 날을 제외하고는 날마다 반복했다. 떨어지면 사망 아니면 중상이라는 것을 알면서도 계속했다. 지금 생각하면 미친 짓이다. 하지만 담력을 키우고 집중력을 키운다는 생각으로 그런 미친 짓을 한 것 같다.

나는 발성연습, 피아노 연습, 무용연습 등을 배울 수 있는 레슨비는 물론 없었다. 그 당시 왕복 버스비가 70원이었는데, 나의 하루 용돈은 100원 정도에 해당했으므로 물론 도시락도 거의 없이 학교에 다녔다.

매점에서 아주머니에게 부탁해서 세숫대야 크기의 양푼을 빌려서 라면을 먹는 친구들에게 십시일반으로 라면을 뜯어먹었는데, 돈을 내고 사서 먹는 친구들보다 더 많이 먹을 수 있었다.

그런 처지에 레슨비를 내고 발레나 피아노를 배운다는 것은 엄두조차 낼 수 없었다. 그래서 무용을 배울 때에 멋진 묘안을 짜냈다. 무용과 학생들을 꼬시는 것이었다. 각 파트별로 한 명씩 발레, 한국무용, 재즈 등을 내가 배우는 대신 나는 그들에게 연기를 가르쳐 주겠다고 그 아이들에게 조건을 걸었다. 그 당시에는 연극이 무용화 되고, 무용이 연극화되는 시기였기 때문에 서로 도움을 주면서 배울 수 있었다.

몇 달이 지나 대학생활에 익숙해지자 선배들하고도 친하게 되었다. 그런데 연극과 선배 몇몇은 연기와 대사 연습보다는 날마다 피아노 앞에서 노래 연습만 하는 것이었다. 나도 노래를 좋아했기 때문에 자연스럽게 그 선배들을 따라다니게 되었고, 시간이 어느 정도 흐른 뒤에 왜 매일 노래 연습만 하는지 물어보았다.

그러자 한 선배가 말해 주었다.

"뮤지컬이라는 것이 있는데, 연극 속에 춤과 노래가 있는 것이다. 우리들의 꿈은 뮤지컬 배우가 되는 거다."

나는 태어나서 처음으로 '뮤지컬' 이라는 용어를 듣게 되었다.

때마침 우리 학교 교수님이 이화여대 공연장에서 이대의 개교 기념 공연을 연출하셨는데, 그 때의 출연진은 이화여대 학생들로서 무용과 학생들과 음대 학생들을 대상으로 오디션을 통해서 뽑은 학생들의 공연이었다.

나는 선배들과 그 공연을 관람하러 갔다. 공연이 끝난 뒤에 나는 엄청나게 큰 망치로 뒤통수를 맞은 느낌이 들었다. 그 이후로 약 한 달간은 잠을 제대로 자지 못했다.

'아하! 뮤지컬이 바로 나의 운명이구나. 내가 뮤지컬을 하기 위해서 음대 준비를 했고, 기계체조 공부를 한 것이구나.'

며칠 후 서울 시립가무단이라는 단체의 뮤지컬 공연 '시집가는 날'을 학교에서 단체로 관람하게 되었고, 난생 처음으로 프로 극단의 뮤지컬을 감상하였다. 물론 그 작품도 나에게 엄청난 문화적인 충격을 주었다.

그 날부터 나의 목표는 세계적인 뮤지컬 배우가 되는 것으로 정해졌다.

'뮤지컬 배우가 되려면 어떻게 해야 하는 것인가?' 우선 우리나라의 유일무이한 뮤지컬 단체 세종문화회관 소속 시립가무단에 들어가는 것이었다. 그 곳에 입단하려면 노래, 시창(처음 보는 악보를 보고 노래 부르기), 연기, 춤 등의 시험을 치러야 했다. 그래서 그 날부터 나름대로 계획을 세워서 시립가무단 전형에 총력을 기울였다.

서울예대 2년 재학 중에 학교를 나가지 않은 날은 외할머니께서 돌아가신 장례기간 3일 뿐이었다. 물론 방학 때도 학교에 나가 연습을 했다.

그렇게 준비해서 1977년 12월에 시립가무단 시험을 보게 되었다.

맨 먼저 가창 시험을 보았는데, 내가 부른 곡은 '선구자'였다.

단장님이신 김희조 선생님께서 껄껄껄 웃으시더니, "그게 노래야, 고함이지?' 다시 한 번 서울예대 입시 치르던 때가 떠올랐다.

다음 순서는 시창시험이었다. 나름대로 준비를 많이 했다고 생각했는데, 8마디 중에 8개를 틀리고 말았다. 그러나 또 다시 단장님께서 "연극과 졸업생 치고는 준비를 꽤 했구먼." 하고 말씀하셨다.

다음은 장소를 옮겨서 연기 시험을 치르는 순서였다. 그런데 구경을 하던 선배 단원들이 내가 시험 보는 장소로 우르르 따라왔다. 물론 무용 시험 장소로도 따라와서 구경을 하는 것이었다. 그들은 내가 상당히 웃겼는지 시험 보는 내내 깔깔대고 웃어댔다.

시험을 치르고 신입단원 23명을 선발했는데, 결과 나는 최연소 수석으로 합격하였다. 이듬해인 1978년 1월 23일에 정식 단원으로 임용되었다. 내가 받은 첫 월급은 약 6만원 정도였다.

그 당시 세종문화회관은 소속 단체의 수보다 연습실이 부족했기 때문에 2부제로 연습을 해야 했고, 가무단의 출근 시간도 어떤 때는 10시, 어떤 때는 2시였다. 1년에 공연을 한 편 정도 무대에 올렸는데, 연습은 약 두 달 정도였다.

공연 연습 기간 중 하루 연습시간은 대략 4시간에서 6시간이었는데, 공연이 없는 시기에는 출근해서 2시간만 연습하면 퇴근할 수 있었다.

나는 나름대로의 목표가 있었기 때문에, 개인 연습을 많이 해야 하는 나로서는 너무나 소중한 개인 시간들이었다. 나는 학생 때와 마찬가지로 아침 5시 반에서 6시 사이에 연습실로 향했으므로 경비 아저씨들의 원성이 높았다.

"남경읍 씨, 잠 좀 잡시다."

"죄송해요 아저씨! 제가 나중에 소주 한 잔 대접해 드릴게요."

6개월 정도 지나면서 세종문화회관 모든 경비 아저씨들과 술친구가 되었고, 연습실을 나오는 시간은 밤 10시 반 정도였다.

가무단 연습 시간이 지나면 타 단체들이 연습을 하는 시간이기 때문에 빈 연습실이 없을 때가 많았다. 복도나 화장실에서 발성 연습을 하거나 탭댄스 연습을 하면 다른 단체 단원들이 제발 조용히 하라고 엄명을 내렸다. 연습할 공간이 없어진 나는 궁리 끝에 그 당시 공연일수가 많지 않은 세종문화회관 분장실이 연습할 수 있는 가장 좋은 공간이라고 생각했다.

무대 주임님에게 부탁을 했다. 물론 주임님과도 벌써 여러 차례 술자리를 했던 처지였다.

"주임님, 연습을 하고 싶은데 연습실이 좀……!"

"어, 그래? 분장실 텅텅 비어있는데 따뜻한 물도 펑펑 나오고, 네가 연습하고 싶으면 네 마음대로 써."

세종문화회관의 수많은 분장실은 나의 개인 연습실이 되었다. 그 당시 더운 물이 나오는 연습실 샤워시설은 한국에서는 어디에서도 찾아볼 수 없었다.

15 월급 4분의 3을 레슨비로!

처음 시립가무단에 발령을 받았을 때가 1978년 1월이었다. 연습실은 신당동에 있는 옛날 성동구청 자리를 임대해서 사용했었는데, 그 때 첫 월급이 6만원 정도였다. 그러다가 9월에 세종문화회관이 개관되면서 연습실을 세종문화회관으로 옮겼고, 월급이 약 13만원으로 2배 정도가 인상되었다.

나는 지금도 변하지 않는 신조 하나가 있는데, 무언가 발전을 하고 원하는 목표에 도달하려면 '시간', '노력', '비용'을 꼭 투자해야 한다는 것이다.

시립가무단 시절 레슨을 받았던 과목은 개인 레슨은 성악과 피아노였고, 그룹으로 받은 레슨은 발레, 기계 체조, 현대 무용이었다. 그러다 보니 월급의 4분의 3 정도가 레슨비로 쓰였다.

좋은 뮤지컬 배우가 되려면 음악, 무용, 연기 이 3가지 부분이 골고루 갖춰져 있어야 한다.

음악 부분은 가창력이 있어야 하고, 악보를 볼 수 있는 시창 능력도 갖춰야 한다. 가창력은 클래식 창법과 파퓰러 창법 그리고 우리 창법도 배워야 한다. 또한 뮤지컬 배우라면 악기 하나쯤은 연주를 할 줄 알아야 한다.

그리고 무용 부분에서는 가장 기본적인 발레를 해야 할 것이고, 드라마적인 요소가 강한 현대 무용도 배워야 하며, 재즈 댄스도 필수적으로 배워야 한다. 물론 요즘은 탭 댄스도 할 줄 알아야 하고 기계 체조까지 배워야 한다.

하지만 서양적인 춤들만 배워서는 안 된다. 우리 무용도 할 줄 알아야 하는 것이다.

연극 부분에서도 발성, 발음, 상상력 개발, 오감 훈련 등 해야 할 것이 한 두 가지가 아니다.

어떤 한 사람이 한 분야를 정복하기도 힘든데, 뮤지컬 배우들은 이 많은 것을 두루 섭렵해야 한다. 그러기 때문에 정말 힘든 직업이고 힘들기 때문에 더 보람있는 직업일지도 모른다. 이같이 많은 분야를 두루 해야 하기 때문에 폭은 넓지만 깊이가 부족하다는 말을 들을 수도 있다.

"다양한 것을 조금씩은 알아야 하고, 특별히 관심 있는 것은 확실히 그리고 철저히 알아야 한다."는 피천득 선생님의 말씀을 교훈 삼아, 여러 가지 부분에서 확실한 자기의 특기를 가지고 있으면 정말로 좋은 뮤지컬 배우가 될 수 있다고 본다.

지금도 그 때의 지출은 뮤지컬 배우로서 나를 지탱해 주는 가장 큰 버팀목들이 되고있다.

16 남산! 그리고 리라초등학교 깃발

대학교 1학년 2학기 때의 일이다.

"남경읍, 너 입시시험 볼 때 생각나지? '이태리 비둘기' 말이야."

"내가 다른 교수님들 옆구리 찔렀어, 저 아이 괜찮다고."

입시 전형 때 즉흥연기 시험 중에는 말을 하면 안 된다는 규정을 어기고 상황설명을 하고 싶다고 했다가 정해진 시간을 초과했고, 쫓겨나기 직전에 유인형 교수님 때문에 구제받을 수 있었는데 그때를 말씀하시는 것이었다.

"네가 왜 마음에 들었는지 알겠니? 면접할 때 너의 자신감 있는 미소가 언젠가는 무슨 일을 내겠구나 하는 생각이 들었단다. 그래서 내가 다른 교수님 옆구리를 찔렀지."

"근데, 네가 안민수 선생님 시간에 어떻게 했길래 침대에서 조차 네 애기를 하시는 거냐?"

유인형 교수님이 농담 투로 말씀하셨다.

유인형 교수님의 오른쪽에 계셨던 교수님은 유 교수님의 남편이신

안민수 교수님이셨고, 왼쪽에 계셨던 교수님은 미국 유학 시절의 클래스 메이트이신 양정현 교수님 이셨다.

나는 그 이후로 모범생이 되지 않을 수가 없었다.

언젠가 유인형 교수님께서 모 방송국 라디오 인터뷰에서 '가장 기억에 남는 제자가 누구냐?' 라는 질문에 양희경, 남경읍, 이정화 라는 말씀에 너무 행복했고, 그동안 인사도 제대로 못 드린 못난 제자임을 다시 느끼면서 죄송했다.

25년이 지나서 나는 안민수 교수님이 계신 동국대 대학원에 입학을 했다. 한데 내가 입학하자마자 안민수 교수님께서 다시 서울예대 학장에 취임하시어 동국대를 떠나셨다.

서울예대 입학 후 첫 실기 시간에 청바지 차림의 미남 교수님이 들어오셨다. 연극과의 학과장 교수님이신 안민수 교수님이셨다.

출석을 부르신 뒤에 칠판에 '예술이란?' 이라고 화두를 쓰셨다.

학생들 모두는 필기도구를 준비한 채 또랑또랑한 눈으로 교수님에게 집중했다.

교수님은 큰 소리로 "남사~안!"

우리들은 영문을 모른 채 멍하니 바라보고만 있었다.

두 번째 시간에 또 칠판에 '예술이란?' 이라고 쓰셨다.

"리라초등학교 깃바~알!"

또 다시 우리들은 서로를 바라볼 뿐 교수님이 칠판에 쓰신 글의 의미를 알 수 없었다.

"너희들이 남산을 알고, 리라초등학교 깃발을 아는 순간부터 예술을 할 수 있다."

서울예대는 남산에 있었고, 우리 대학 바로 옆에 리라초등학교가 있었다. 그리고 그 당시 301 강의실에서 리라초등학교 깃발이 펄럭이는 것이 보였다.

나는 요즘에야 '남산'을 좀 알겠고, '깃발'을 좀 알 것 같다.

나도 요즘 수업할 때 아이들에게 '시냇무~울!' 이라고 외친다.

17 내 동생 남경주

나는 어릴 때 경주를 업고 다녔다. 경주뿐 아니라 다른 동생들도 포대기 차림으로 많이 업고 다녔다. 중학교 때 선생님들께서 어머니께,

"제발! 경읍이가 동생들 업고 다닐 때 파자마하고 포대기 차림으로 밖에 못 나오게 좀 하세요."

하고 애원할 정도였다.

경주는 갓난 아기 때 혼절을 자주했다. 자기가 가지고 놀던 장난감을 누군가가 빼앗아 가면 울다가 그냥 혼절하곤 했다. 우리는 처음엔 간질병인 줄 알았는데, 알고 보니 성격이 급한 때문이었다.

나이가 들면서 혼절하지는 않았지만 그것이 다혈질로 바뀌었다.

내가 서울예대를 다닐 때 동생은 중학생이었다. 그때 교회에서 내가 쓴 대본으로 코미디 성극을 공연했는데, 동생을 출연시켰다. 교인들이 경주 때문에 배꼽을 잡고 난리가 났다. 경주는 초등학생 때부터 기계체조 선수 생활도 했고, AFKN의 'Soul Train' 이라는 춤 프로를 자

주 보았는데 한 번 보면 금방 따라했다. 그래서 나는 경주가 예능끼가 아주 많다고 늘 생각하고 있었다.

동생은 내가 대학에서 분장을 배우고 나면 집에 와서 동생 얼굴에다가 분장실습을 하는 실습 도구이기도 했다. 경주는 나의 고등학교 후배이기도 한데, 고등학교 때는 미술을 했다. 조소로 전국미술경연대회에서 입상하기도 했던 실력있는 미대 지망생이었다.

그런데 고등학교 3학년말에 갑자기 "형, 나도 연극하고 싶어." 라고 말하는 것이었다. 나는 연극이 너무 재미있기도 하고, 무언가 내가 살아있다는 느낌을 받고 있었기 때문에 "하고 싶으면 해라." 바로 흔쾌히 동의했다.

그런데 그 무렵 동생은 학교에서 최고의 문제아였다. 나는 가무단 연습이 끝나면 자주 학교에 불려갔다.

"경읍이 넌 안 그런데, 네 동생은 왜 그 모양이냐?"

"죄송합니다. 지도를 잘 못해서……."

그런 일이 있을 때마다 동생은 나에게 많이 두들겨 맞았다. 하지만 아무리 맞아도 막무가내였다.

어느 날은 파출소에서 전화가 왔다.

"남경주 보호자 출두하세요."

나는 어머니와 함께 사정사정해서 훈방조치를 받고 풀려나게 했다. 그리고 나서 또 학교에 불려갔다.

"경읍아, 이번엔 안 되겠다. 퇴학시켜야겠다." 하고 말씀하셨다.

나는 할 말이 없었다.

"알겠습니다. 선생님이 한 학생 퇴학시키는 결정을 감정적으로 하셨겠습니까? 선생님 결정을 따르겠습니다."

동생은 교무실에서 사무실 집기를 집어 던지면서 소란을 피웠다. 아

▲ 동생 경주 중학교 졸업식

무리 말렸지만 막무가내였다. 나도 화가 나서 동생을 무지막지하게 때리기 시작했다.

상황이 끝나고 집으로 돌아왔다. 동생을 바른 길로 가게 하는 방법을 곰곰이 생각해 보았다. 대화 밖에는 없다고 생각했다. 나는 그 때부터 동생과 대화를 시작했고, 그동안 신문을 보면서 메모해 두었던 좋은 말들, 탈무드의 좋은 글귀나 책을 읽으면서 메모해 두었던 여러 내용들을 동생에게 보여주었고, 읽고 난 후 그 글귀와 느낌을 적어서 나에게 확인 받으라고 했다.

동생은 무척 싫어했지만 내가 끊임없이 시키고 확인하였기 때문에 어쩔 수 없이 해야만 했다. 동생은 요즘도 무언가를 계속 읽고 메모를 많이 하는데, 그 때 생긴 습관이라고 한다. 지금 동생의 독서량이 대단하다.

아무튼 그때부터 나와 진지한 대화를 하기 시작했고, 서서히 생각과 행동이 바뀌어 가기 시작했다. 몇 달이 지나면서 동생은 전혀 다른 사람이 되어 독서실에서도 열심히 공부했다.

그러던 어느 날 또 다시 파출소에서 전화가 왔다.

"남경주 보호자 출두 하세요."

나는 화가 머리끝까지 났다. 동생을 파출소에서 데려오면서 "다시는 형이라고 부르지 마라." 하고는 함께 쓰는 방의 방문을 잠가 버렸다. 새벽에 방문 밖에서 어머니가 우시는 소리가 들렸다. 방문을 열어 보니 동생은 방문 앞에서 무릎을 꿇고 있었고, 어머니는 "네가 잘 한 건 뭐가 있냐? 너 중학교 때 생각 안 나냐? 동생이 밤새도록 잘못했다고 비는데……." 하고 우시는 것이었다.

그날 동생은 독서실에서 공부를 하고 집으로 오는데, 옛날에 한번 싸운 적이 있던 불량배들이 시비를 걸어 와 좋게 끝내려고 했지만, 어쩔 수 없이 한바탕 했다는 거였다. 동생이 마음을 다잡고 열심히 공부하고 있는데, 예전에 뿌린 말썽의 씨앗이 그런 일을 불러왔던 것이다.

그 일이 있은 후 동생은 크게 문제가 될 만한 일을 다시는 일으키지 않았다. 그리고 동생은 서울예대 연극과에 입학했다.

동생은 서울예대 82학번으로 입학해 열심히 공부했고, 서울예대 개교 이래 처음으로 정기공연으로 뮤지컬을 공연했다. '가스펠'이었다. 동생이 그때 주인공 '예수' 역을 맡았고, 탤런트 박상원도 복학생으로 '데이빗' 역을 맡은 것으로 기억한다.

나는 그때 그 공연을 보면서 '동생이 내 밥줄을 위협하네.' 하고 생각했다.

그 이후에 동생은 나보다 더 유명인이 되었고, 개런티도 더 많이 받는 배우가 되었다. 예전엔 '남경읍 동생 남경주' 였지만, 지금은 '남경주 형 남경읍' 이 되었다.

요즘도 우리나라에는 형제 배우는 거의 없다. 그 당시에는 더더욱 그랬다. 그래서 우리는 처음부터 언론에 스포트 라이트를 많이 받은 것 같다.

많은 신문, 잡지와 방송에서 우리 형제 이야기를 자주 다뤘다. 그런데 인터뷰의 질문 내용이 거의 비슷하여 한 이야기를 계속 반복해야 하는 어려움이 많았다. 어떤 날은 인터뷰를 3개 이상을 해야 했는데,

그 때는 정말 곤혹스럽기까지 하였다. 우리 형제의 기사 중 대표적인 것은 이러한 것들이었다.

1999년 4월 14일 스포츠서울

'형제는 달려왔다'

땀과 열정의 뮤지컬 20년

'닮은 듯 다른 서로에게 배워'

*형제 이야기

형제는 용감했다. 지금이야 뮤지컬이 인기있는 장르가 됐지만, 그들이 데뷔하던 80년대 초, 중반만 해도 뮤지컬에 한 남자의 인생을 건다는 것은 무모하기 짝이 없었으므로....

남경읍, 남경주. 한국 뮤지컬계를 대표하는 두 남성스타 형제는 그렇게 '물, 불 가리지 않고' 뛰어듦으로써 뮤지컬 배우로서의 인생을 시작했다.

형은 서울예전 연극과 76학번, 동생은 서울예전 연극과 82학번. 여섯 살 터울의 동생은 꼭 6년 뒤 형의 학교 후배가 됐다. 형이 자신의 '끼'를 좇아갔다면 동생은 무대 위에서 펄펄 나는 형에게 반해 고등학교 3학년 1학기까지 하던 조소를 '때려 치우고' 배우가 됐다. 물론 형은 일찌감치 동생의 재능을 눈치챘다. 초등학교 때 AFKN의 춤프로를 보며 형이 사나흘 걸려야 배운 춤을 동생이 그 자리에서 따라하는 것을 보았고, 중학교 때 교회 촌극에 출연시킨 동생이 관객들을 데굴데굴 구르게 만드는 것을 보았다.

동생이 결심했을 때 '뮤지컬을 알면서 새 인생을 알았던' 형은 한마디 했다.

"어려운 길인데 끝까지 견딜 수 있으면 해라."

형제의 주인공 무대 '신고식' 작품은 똑같은 '환타스틱스'. 형은

1980년에 이 작품에서 같은 배역인 '마트'로 데뷔했고, 동생도 같은 작품 같은 배역으로 데뷔해 척박한 토양에서 뮤지컬 배우로 뿌리를 내려갔다.

이후 7개 작품에 걸쳐 팸플릿에 남경읍, 남경주의 이름을 나란히 새긴 이들은 "우리끼리 한 번 해보자"며 숙덕거린 끝에 95년 '사랑은 비를 타고'에 형제로 출연, 이듬해 뮤지컬 대상을 휩쓸었다. 반년 넘게 한 분장실을 쓰다보니 권태기에 접어든 부부처럼 "사소한 일로 아옹다옹하기도 했지만"(경주) 그래도 "아! 이게, 형제구나" 싶은 형제애를 뼛속 깊이 느꼈다.(경읍)

"경읍 씨는 정확하지만 틀에 얽매여 있고요, 경주 씨는 좀 엉성하지만 자유로워요." 그 공연 때 피아노 전공의 한 팬이 형제의 피아노 연주 장면을 보고 해준 평이다. 피아노 연주뿐 아니라 연기나 생활에도 이 말은 적용된다. 형의 연기나 생활이 정석에 가깝다면 동생은 보다 자유롭다. 식성만 해도 그렇다. 형은 외국에 나가서도 한국음식을 먹어야 하지만, 동생은 현지음식에 금방 적응한다.

남씨 형제는 그렇게 닮은 듯 다르고, 그래서 서로를 배운다.

형은 피아노를 연습하고, 동생은 색소폰을 꾸준히 연습하고 있다. 형이 장구를 배우면 동생은 꽹과리를 배운다. 한 연출자의 말마따나 "모이면 상품"인 형제는, 또 다시 함께 할 기회를 "아껴 두었다가 멋드러지게 해내기 위해" 차곡차곡 실력을 쌓고 있는 것이다.

경읍 이야기

뮤지컬 전용극장 갖고파

"내가 모차르트가 아니라 살리에리임을 일찍 깨달은 데 감사한다"는 경읍은 소문난 연습벌레이다. 그 덕에 '7인의 신부', '드라큘라' 등 50여 편에서 탄탄한 실력을 발휘하며 뮤지컬계의 기둥으로 자리

잡았다.

데뷔 20년째인 올해 딸 유라가 '미녀와 야수' 라는 뮤지컬에 '커피 잔' 역으로 대를 이어 데뷔한다. 그는 '사랑은 비를 타고' (연강홀)에서 또 한번 형역을 맡았고, 하반기에는 신작 '사랑에 빠질 때' 에 출연할 예정이다.

"아직도 무대에 오르면 피가 끓는다" 는 그는 언젠가 뮤지컬 전용극장 하나 세울 꿈을 먹고 산다.

경주 이야기

미국 유학 다녀온 뒤 재도약

살 나가는 댈런트도 뮤지컬판에서는 남경주에게 못 당한다. 출연료나 인기 모두. '고래사냥' '쇼 코메디' 등 20여편의 뮤지컬을 통해 최고 스타자리에 오른 그는 "여기에 만족하면 끝날 것 같아" 재작년 한해 훌쩍 뉴욕으로 유학을 다녀왔다. 두고 온 것에 대한 그리움에다 외로움이 겹쳐 몇 번씩 펑펑 울기도 하며, 보고 배워 온 그는 첫 연출작 '남자 넌센스' 를 제법 깔끔하게 만들어 냈다.

요즈음 주말에 지방 순회공연을 하고, 주중에는 다음 달에 막 올릴 '갬블러' 연습에 빠져 지낸다. "나이가 지긋해 지면 클럽에서 색소폰을 불고 싶다" 는 그는 올해 결혼에 도전해볼까 생각중이다.

18 스타인웨이로 바이엘을

나는 어릴 때부터 피아노를 무척 배우고 싶었다. 하지만 배울 수 있는 여건이 되지 못했다. 고등학교 때는 교회 성가대에서 어깨 너머로 피아노 코드 몇 개만, 대학교 때는 친구에게 코드 몇 개 배웠고, 가무단에 입단하고서는 월급을 받을 수 있었기 때문에 정식으로 피아노 레슨을 받기 시작했다.

피아노를 좋아하는 이유는 중학교 때 우리 옆집에 살던 2학년 아래인, 문경에서는 최고 퀸카인 여자아이가 매일 피아노로 나의 아침잠을 깨웠기 때문이다. 나는 그 때 피아노 소리를 처음 들었고, 그렇게 아름다운 음악이 있을 줄은 상상도 하지 못했다.

물론 그때부터 그 아이를 짝사랑하게 되었고, 그때부터 언젠가는 피아노를 멋지게 연주하고 싶었다.

가무단에서는 피아노를 연습할 수 있는 시간이 충분하지 않았기 때문에 또 다시 무대 주임님을 찾아가서 부탁을 드렸다.

"어 그래? 이걸로 연습해. 이거 비싼 거야, 한 1억쯤 나간대."

　바로 세계 최고의 명품 '스타인웨이' 인 것이다. 나는 아직도 스타인웨이가 아닌 다른 피아노로 연습을 하면 성이 차지 않는다.

19 눈물의 보신탕

가무단에 들어간 지 1년이 지났다. 선배 중에 한 분이 신입단원과 기존 단원들을 선발해서 워크숍 공연을 하기로 했다. 작품은 뮤지컬 '환타스틱스', 우리말 제목은 '철부지들'이었다.

배우 구성은 원하는 사람들로 했다. 공연 장소는 '연습실'이고, 관객은 '가무단 단원'이었다. 하찮게 생각할 수도 있는 공연이었지만, 나는 내 나름대로 멋지게 해보고 싶었다. 연습기간은 약 3개월 정도로 정했는데, 목숨을 걸고 해 보자고 마음을 먹었다.

배역이 발표 되고, 내가 남자 주인공인 '마트'로 결정되었다. 하루 연습시간 목표는 잠자는 시간을 제외하고는 모두 다 연습에 할애하기로 했다. 이 작품의 전체 연습시간이 하루 평균 6시간 정도였는데, 나는 매일 평균 17시간 정도 연습을 했다. 나름대로 연습량이 많다고 생각했기 때문에 단체 연습시간에는 항상 자신이 넘쳐 있었다.

그러나 매일매일 연습시간 동안에 연출자에게 단 한 번의 칭찬도 받지 못하고 숱하게 많은 지적만 받았다.

"남경읍, 너 어디 학교 출신이야?"

"네, 드라마센터 출신입니다." 그 당시 서울예대는 드라마센터로 불렸다.

"야! 연기를 왜 그 따위로 해?"

다시 전체 연습시간 이외에 11시간의 개인 연습시간을 통해서 지적받은 부분을 연습했기 때문에 자신 있었다. 그런데 다음 날 연습시간에도 마찬가지로,

"야 임마! 말을 해 말을, 전설의 고향 하냐? 귀신 곡하냐?"

대사가 자연스럽지 못하면 연출자나 선배들이 주로 하는 말이다.

"죄송합니다." 또 다시 지적받은 부분을 11시간 동안 스스로 연습했다. 그러나 다음 날 또다시,

"남경읍, 네 어머니 뭐하셔?"

"네, 생선장사 하십니다."

"생선이나 팔아 임마, 네 까짓게 무슨 배우를 한다고 그래. 배우 아무나 하는 줄 알아?"

"죄송합니다."

또다시 반복된 연습을 했고, 다음날 가무단에 나가면 다른 배우들이 나오는 장면은 열심히 연출하던 선배님이, 내가 나오는 장면은 아예 쳐다보지도 않았고, 또다시 다른 배우들이 등장하는 장면은 열심히 연출하다가 내가 나오면 똥 씹은 표정으로 아예 쳐다보지도 않았다.

거의 두 달 내내 그런 일이 반복되었으므로, 나는 서서히 자신감을 잃어갔다. 그러던 와중에 큰 변화가 하나 생겼다. 세종문화회관 소극장을 대관했던 어떤 단체가 대관을 취소하는 바람에 소극장이 며칠 동안 펑크가 나게 되었다.

그것이 나의 운명이었다.

▲ 뮤지컬 '환타스틱스' 마트 역

그 당시 사무국의 사무장님과 가무단의 단장님이 절친한 사이였는데, 사석에서 이런저런 얘기 끝에 소극장 펑크 얘기가 나왔고, 사무장님이 가무단 단원들의 워크숍 공연 준비 이야기를 듣게 되었다.

"그렇다면 '철부지들'을 펑크가 난 기간에 가무단의 정기공연으로 올리자."

졸지에 워크숍 공연이 정기공연으로 바뀌게 되었고, 약관의 나이인 나는 워크숍 공연 주인공에서 정기공연 주인공으로 바뀌게 되었다.

아무튼 자신감을 거의 상실한 나는 육체적으로나 정신적으로 매우 지쳐 있었다. 연습 중에 유난히도 지적을 많이 받는 부분이 있었다. 대사를 하다가 노래로 연결되는 부분인데, 그 날도 그 부분에 이르자 무척 긴장을 해 결국 실신을 하고 말았다. 잠시 후에 눈을 떠 보니, 병원 드라마에서 보는 것처럼 날 바라보는 사람들의 얼굴이 영화화면처럼 둥글게 보였다.

깨어나고서 맨 처음 떠오른 생각은,

"아! 힘들다. 내 친구들은 지금 쯤 소주 한 잔 마시면서 여자 친구도 만나고 당구도 치고 신나게 놀고 있을 텐데. 난 왜 사서 이 고생을 하나?"

누워있는 내 얼굴에 눈물이 주르륵 흘렀다. 나는 태어나서 눈물이 그렇게 뜨거운 것인줄 처음 알았다. 연습을 하려고 일어나자 연출자의 불호령이 내렸다.

"당장 꺼져 임마! 배우가 공연 며칠 남겨놓고 몸 관리 하나 제대로 못해서 쓰러져? 너는 배우 자격도 없는 놈이야!"

연습을 하겠다고 우겼지만, 옷도 갈아입지 못하고 쫓겨나고 말았다.

오랜만에 햇빛을 보는 것 같았다. 대낮에 세종문화회관 분수대의 가로등을 붙들고 한없이 울었다. 큰 소리로 "남경읍, 병신 같은 놈."을 되풀이 하면서 흐느끼자 사람들이 이상한 눈으로 나를 쳐다보면서 지나갔다.

다음 날 전체 연습이 끝나고 개인 연습을 하려고 하는데, 여주인공을 맡은 두 친구가 말했다.

"읍이, 오늘은 개인 연습하지 말고 우리랑 몸보신하러 가자. 너 보신탕 먹을 줄 아냐? 넌 지금 연습이 중요한 게 아니라 몸을 추스려야 돼."

"나 보신탕 한 번도 안 먹어봤어. 괜찮아, 어쨌든 고맙다."

하지만 막무가내로 나를 끌고 보신탕 집으로 갔다.

그 때 남자 주인공 배역은 나 혼자였고, 여자 주인공 배역은 더블 캐스팅이었는데, 그들은 이경자와 성시호였다.

"아주머니, 여기 제일 좋은 걸로 주세요."

내가 먹지 못하고 주저하자, 두 친구가 재촉했다.

"여자도 먹는데, 남자가 쩨쩨하게 이것도 못 먹냐?"

하며 맛있는 듯 열심히 먹는 것이었다.

나도 덩달아 열심히 먹고 있는데, 한 여자 친구가 갑자기 밖으로 나가더니 구토를 했다. 친구를 위해서 못 먹는 보신탕을 억지로 먹어 준 것이다. 나는 그 친구들이 너무 고마워서 눈물이 났다. 여자 아이 둘도 함께 울었다.

우리 셋은 그 날 '눈물의 보신탕'을 먹었다.

다음 날부터 그 친구들은 계속 나에게 자신감을 심어주려 노력했다.

"읍이, 너 예전에 가무단 시험 볼 때 생각해봐. 넌 가무단에 최연소로 들어왔고, 수석으로 들어왔어. 그 때 너의 자신감 넘치는 모습은 다 어디로 간 거냐?'

"연출자 저한테 연기 해보라 그러지, 읍이 너의 반도 못 따라 온다."

"넌 지금 너무 잘 하고 있어."

나는 그 친구들 덕에 서서히 예전에 자신감을 찾아가기 시작했고, 공연 며칠전에는 옛날의 내 모습으로 돌아올 수 있었다.

드디어 공연 첫 날이 되었다.

막이 오르고 1막의 마지막 장면이 거의 끝나갈 무렵이었다. 갑자기 관객석에서 우레와 같은 박수 소리가 나기 시작했다. 너무나도 열광적인 반응에 모든 출연진과 스탭들이 놀랐다. 박수가 끝나지 않았다.

어떤 한 관객이 앵콜을 선창하자, 모든 관객들이 앵콜을 연호했다. 해설자 역인 '엘갈로'가 다음 장면을 진행해야 한다고 했지만 연호 소리는 끊이지 않았고, 어쩔 수 없이 무대감독이 그 전 장면의 조명큐를 불러서 그 장면을 다시 하고서야 다음 장면으로 넘어갈 수 있었다.

후일담으로 들은 얘기지만, 같은 장면을 연거푸 공연한 것은 대한민국 공연 역사상 전무후무한 일이었다고 한다. 물론 그 장면은 나 혼자 하는 역할이 아니고, 전 출연진이 나오는 그 작품의 백미라고 할 수 있는 'Rape Ballet'라는 장면이었다.

공연이 끝나고 막이 내렸다. 그날 출연하지 않은 여주인공이 무대로 와서 나에게 꽃다발을 안겨주었다.

"읍이. 성공했어. 정말 잘 했다."

그녀도 눈물을 흘렸고, 나도 눈물을 흘렸고, 함께 출연했던 여주인공도 나를 꼭 껴안으면서 감격의 눈물을 흘렸다. 나는 기쁨으로 범벅된 '눈물의 꽃다발'을 받았다.

며칠간의 공연이 끝나고 나는 깊은 생각에 빠졌다. '그 연출 선배님은 다른 사람에게 존경도 받고 학식도 있으며, 독실한 크리스천인데 왜 나에게만 그렇게 무섭고 독하게 대했을까?'

몇 달 후에 그 분의 진심을 알게 되었다. 물론 다른 사람을 통해서 알게 된 것이다.

"남경읍이란 어린 새내기 후배가 입단을 했는데, 하는 행동거지를 보니까 싹수가 있어. 선배로서 잘 이끌어 줘야겠는데 어떤 방법이 있을까?"

"온실의 화초처럼 키워야 할까? 아니면 화려하지는 않지만 향이 강하고 생명력이 긴 들꽃처럼 키워야 할까?"

그 선배님은 후자를 택했고, 마음속으로 수많은 눈물을 흘렸던 것이다.

그 후부터 지금까지 많은 작품을 하면서 많은 고통이 있었고, 인생을 살아오면서도 수많은 어려운 일들이 있었지만, 그 때의 혹독한 훈련 때문에 나는 들꽃처럼 혹은 들풀처럼 쓰러지지 않고 견뎌낼 수 있는 내성이 생겼다. l

그때부터 나는 그 선배를 닮고 싶고 가장 존경하게 되었는데, 그분이 나와 외모도 비슷한 배규빈 형님이다. 지금도 일주일에 두어 차례 형님을 만나 뵌다.

20 맥

처음 연극을 하던 시절에는 왜 그리 돈이 궁하던지, 가끔 선배님들과 술자리를 할 때면 나는 돈을 낼 수가 없었다. 물론 선배님들도 풍족하지는 않았지만 항상 계산은 선배님들이 하셨다.

1인당 1000원씩 각출하여 감자탕 하나 시켜 놓고 술만 계속 시키고, 계속 국물만 서비스로 달라고 한다. '지금은 내가 돈이 없어서 선배님들에게 신세를 지지만, 언젠가는 나도 돈이 생기면 후배들에게 술을 살 수 있겠지' 하고 다짐하곤 했다.

지금 술 자리에서 후배들에게 이렇게 가르친다.

"지금은 내가 너희들에게 술을 사지만, 너희들도 돈을 벌면 후배들에게 꼭 술을 사야 한다."

나는 대학에 다닐 때 훌륭한 교수님들과 좋은 선배님들을 많이 알게 된 행운아였다. 교수님들과 선배님들이 나에게 얘기해 주신 교훈과 농담까지도 메모를 해 두었다가 후배들에게나 제자들에게 전해준다. 그러나 후배나 제자들에게 그러한 얘기를 할 때 받아들이는 사람이 있는 반면에 잔소리로 여기는 사람들이 있다.

　하지만 난 개의치 않는다. 나의 얘기를 받아들이는 사람들은 또 자신의 후배나 제자들에게 그 얘기를 전해줄 것이고 그 후배나 제자들은 또 계속 전할 것이기 때문이다. 그러한 맥이 이어져야만 한다.

▲ 뮤지컬 '환타스틱스' 마트 역

21 철부지들과 우리 형제

19 85년, 내가 예전에 주인공으로 데뷔했던 '환타스틱스(철부지들)' 에 해설자 '엘갈로' 역으로 작품을 다시 하게 되었다. 연출자가 남녀 주인공을 구하고 있었는데, 나는 내 동생을 추천했다.

동생은 그 때 시립가무단을 퇴단하고서 방황하고 있을 때였는데, 동생과 작품을 같이 하게 되었다. 6년 전에 형이 주인공으로 데뷔했던 작품을 동생도 주인공으로 데뷔하게 된 것이다.

동생 남경주는 이 작품으로 큰 인기를 끌게 되었고, 그때 이후로 수많은 작품에서 주인공으로 승승장구하게 된다.

뮤지컬 '환타스틱스' 는 우리 형제에게 의미가 큰 작품이다. 얼마 전에 동생에게서 작품 출연 제의를 받은 적이 있다. 이번에는 자기가 '엘갈로' 를 하고, 형이 아버지 역을 했으면 좋겠다고 말했다. 그런데 나는 대꾸를 하지 않았다.

나는 아직도 '엘갈로' 역을 하고 싶기 때문이다.

22 쐬주 20병!

바람을 좀 쐬고 싶어 친구 다섯 명과 동해 바다에 가기로 했다. 각자 파트너를 데리고 가기로 하였으나, 떠나기 며칠 전에 여러 이유로 세 명의 친구가 못 가게 되었다. 그래서 나도 여행을 포기하려고 했는데, 남겨진 한 명의 친구가 자기 여자 친구가 바다를 한 번도 가본 적이 없어서 너무나 가고 싶어 한다고 사정을 하는 바람에 내가 십자가를 매기로 했다. 나는 싱글로 말이다.

나는 몇 년 동안 동해 최북단에 있는 거진에서 양로원 봉사를 했었다. 그래서 그 동네에 아는 분들이 많았는데, 그 때 내 별명이 '털보'였다.

민박집에서 방 하나만 얻고 나는 그냥 밖에서 잤다. 다리가 비뚤어진 평상에서 잤는데, 피가 한 쪽으로 쏠려서 자기가 힘들었다.

다음 날 배를 하나 빌리기로 했다. 선장이 담배 두 보루와 소주 스무 병을 사라고 했다.

"남자 세 명에 여자 한 명인데, 웬 소주를 그렇게 많이 사요? 그리고 내 친구와 여자 친구는 술도 못 마셔요."

"그냥 사시더래요."

걱정이 되었지만 하라는 대로 했다.

담배 두 보루는 해경 사무실에 갖다 주고 출항허가증인지 뭔지를 받고 배에 올랐다.

"금강산 보고 싶지요?

그 당시에는 남한 사람이 금강산을 구경한다는 것은 상상조차 할 수 없는 때였다.

북쪽으로 한참을 가다가 다시 태평양쪽을 향해서 한참을 갔다.

"저게 금강산이더래요."

금강산 일만 이천 봉우리가 한 눈에 들어오는 것 같아 너무 황홀했다. 금강산 일부만이라도 먼발치에서 보고 나서 낚시를 하기 시작했

다. 낚싯줄을 바다에 넣기가 무섭게 고기들이 낚여 올라오기 시작했다.

곧바로 횟감을 챙겼다. 그런데 그 배는 낚싯배가 아니라서 회칼이 따로 없었다. 벌겋게 녹이 슨 식칼로 회를 뜨는데, 거의 톱으로 나무를 자르는 수준이었다. 회에도 벌건 녹이 묻어났다. 그래도 맛은 기가 막혔다.

한참 정신없이 낚시를 하고 있는데, 우리 옆으로 다른 고깃배들이 지나갔다.

"어이! 이리 와 보더래요."

우리 배 선장이 지나가는 옆 배에 다가 가더니, 소주 한 병을 저쪽 배로 던졌다. 저쪽 배에서 주먹보다 큰 멍게 30마리 정도가 날아왔다. 지나가는 또 다른 배에 소주 한 병을 던졌다. 이번에는 문어 3마리가 날아왔다. 또 다른 배에서는 성게 50개 정도가 날아왔다.

"아! 이래서 소주 20병을……!"

거진에는 해녀가 아닌 해남들이 물질을 했다.

"한 잔하고 해라."

선장은 해남 친구들을 불러 올려서 소주 한 잔씩을 권했다.

한 잔씩 받은 해남들은 바로 물속으로 들어가서 전복 서너 개를 따서 올라왔다.

"수영할 줄 알아요?"

해남이 나에게 물었다.

"그냥 조금 할 줄 알아요."

"바다 속 구경하려면 따라오더래요."

"몇 미터나 돼요?"

"한 열댓 발은 될 거래요."

나는 거나한 기분에 팬티 바람으로 수경만 쓴 채로 그냥 따라 들어
갔다.

그렇게 음주 즐기기가 8시간이 지났어도, 아직도 해치워야 할 횟거
리는 배 바닥을 가득 메웠다.

남은 횟거리를 들통에 담아 들고, 민박집으로 돌아왔다. 민박집은
조그마한 구멍가게 집이었는데, 길거리에 있는 수퍼 평상에서 다시
소주를 곁들여 회를 먹기 시작했다. 일반 횟집에 있는 큰 상 크기에 하
나 가득 횟거리가 있었다. 그냥 지나가는 낯선 사람들에게도 한 점씩
권하면 그 사람들은 한 점 먹고 고맙다고 소주 한 병 사고, 밤새도록
그 짓을 했다.

2박 3일이 지나고 서울로 오는 버스에서 친구는 학질에 걸린 사람처
럼 덜덜 떨고 있었다.

바다 한 복판에서 팬티만 입고 8시간을 있었으니 온 몸이 다 익어
버렸던 것이다. 차가 코너를 돌 때마다 외마디 비명을 질렀다.

그 친구의 몸은 25년이 지난 지금도 울긋불긋하다.

23 대머리 깎아라

가무단 시절에 개인 연습을 하다보면 나를 유혹하는 것들이 많았다. 친구들과 어울려 술 마시기, 미팅, 당구치기, 봄 꽃놀이 등등 많은 것들이 나의 연습을 훼방 놓았다.

연습실에서 오로지 연습만 할 수 있으면 좋으련만, 유혹을 뿌리칠 수 있는 방법은 없을까? 머리를 빡빡 깎아 버리는 것도 방법이라고 생각했다. 3면이 거울인 연습실에 비친 나의 모습을 보고 항상 나를 자극할 수 있었다. 이런 모습으로 여자친구가 생기기는 힘들 것이라고 생각하며 내 스스로를 추스릴 수 있었다. 그래서 가끔 나는 머리를 밀었다.

하지만 매번 머리를 밀 수도 없었다. 특히 공연이 있을 때는 더더욱 머리를 자를 수가 없다. 고민을 하던 중에 '와신상담' 이라는 말이 번득 떠올랐다.

중국 춘추전국시대에 오나라와 월나라간의 싸움에서 전해지는 고사로, '가시가 많은 섶에 누워 자고 쓰디쓴 쓸개를 핥으며 패전의 굴

▲ 뮤지컬 '나 어딨소' 중에서

욕을 되새겼다' 는 뜻이다.

하지만 동생들과 같은 방을 쓰고 있어서 가시가 많은 섶을 방바닥에 깔고 자는 '와신' 의 방법을 선택할 수가 없었다.

그러면 '상담' 이라도 하자. 곰 쓸개를 구할 수 있는 방법은 전혀 없었기 때문에 동네 정육점을 다 돌아 다녔다. 하지만 소 쓸개나 돼지 쓸개조차 구할 수가 없었다.

생각 끝에 대용물을 찾았다. 항생제인 테라마이신을 대신 사용하기로 했다.

마이신은 캡슐로 되어 있었고, 캡슐을 열면 안에 흰 가루가 있는데 엄청나게 쓴 약이다. 지금은 전문의약품으로 구분되어 있어서 의사의 처방이 없으면 살 수가 없지만, 그 당시에는 아무 약국에서나 살 수 있었다.

마이신 수 백 개를 구입하고 스킨로션 샘플 병을 구했다. 샘플 병의 내부를 깨끗이 비우고, 그 속에 마이신 가루를 넣었다.

그렇게 만든 마이신을 가방에 20개 정도씩 넣고 다녔다.

연습을 하다가 연습이 하기 싫거나 피곤해서 집에 가고 싶으면 그 마이신 가루를 마셨다. 쓴 기운이 한참 동안 가시지 않는다.

대사 연습을 하다보면 입가에 하얀 거품이 생긴다. 나름대로 거품을 물고 연습을 했다는 뿌듯함을 느끼는 이 무식한 방법을 선택했었다. 항생제의 폐해는 전혀 인식하지도 못하고…….

어린 나이에 약물 중독에 약물 과다 남용을 한 것 같다. 물론 지금은 아무런 약물의 도움 없이 나의 의지대로 연습할 수 있다.

그렇게 밤늦게까지 연습을 하다보면 9시에 연습실 불이 자동으로 꺼진다. 그 당시의 세종문화회관 연습실은 저기실에서 9시에 불을 내렸다.

연습을 더 하고 싶다고 촛불에 의존할 수는 없었다. 분수대의 가로등 불빛이 연습실로 스며 들어오는데, 희미한 가로등 불빛에 대본을 비춰가며 대사 연습을 하거나 노래 연습을 했다.

마음 속으로는 '남경읍, 넌 괜찮은 놈이야. 너는 지금 '형설지공'을 하고 있잖아!'

20대 초반의 나의 꿈은 그렇게 커가고 있었다.

어떤 확실한 미래 목표를 정해 놓은 것은 아니었지만 오늘 하루하루의 주어진 연습에 최선을 다하고 싶었다.

24 뮤지컬 배우는 딴따라

내가 뮤지컬을 시작했던 때에는 뮤지컬이 활성화 되지도 않았을 뿐만 아니라, 오히려 천대까지 받았다. 일반 사람들은 연극배우를 '딴따라' 라고 불렀는데, 그 '딴따라' 가 뮤지컬 배우에게 '딴따라' 라고 하던 시대였다.

뮤지컬 배우를 바라보는 시선이 극단 사람들보다 연기 못하고, 합창단보다 노래 못하며, 무용단 사람들보다 춤 못 추는 어중이 떠중이 집단이라고 비아냥거리는 풍토였다.

어린 마음에 이러한 생각들을 불식시키고 싶었다. 그래서 극단에서 연극에도 출연하고 무용에도 출연했다. 1985년에는 대한민국 무용제에 현대무용 '종' 에 출연하여 최우수 남우주연상에 노미네이트 되기도 했다. 노미네이트 된 사람은 두 명 이었다.

순수 음악에 출연할 수 있는 기회는 거의 없었다. 그러던 차 2001년에 '예술의 전당' 기획실에서 한 통의 전화가 걸려왔다.

오페라 '마술피리' 에 출연하자는 내용이었다.

"혹시 전화 잘못 거신 거 아닙니까, 전 뮤지컬 배우입니다."

"전당에서 가족 오페라로 '마술피리'를 기획하고 있는데, 뮤지컬 배우를 출연시켜서 가족이 모두 즐길 수 있는 좀 더 대중적인 오페라를 만들고 싶어서"라고 했다.

곧바로 출연제의에 응했고, 며칠 후에 연습을 시작했다.

▲ 오페라 '마술피리' 중에서

연습 첫 날 악보를 나누어 주더니 10분 후에 바로 연습에 들어갔다. 내가 맡은 역할은 중심 인물인 '파파게노' 였다. 노래는 솔로와 중창을 포함해서 약 13곡 정도였다. 나 외에 뮤지컬 배우가 3명이 더 참여했고, 나머지 배역들은 성악가 들이었다.

뮤지컬 배우들은 모두 기가 질렸다. 성악가들은 자기의 전공 분야이기 때문에 자기의 곡을 모두 알고 있었지만, 우리는 첫날 연습에 입도 벙긋하지 못했다.

우리는 긴장감으로 뒷머리가 뻐근할 지경이었다. 하지만 연습한지 30분이 지나자 서서히 엔돌핀이 돌기 시작했다.

"그래, 목숨 걸면 안 될 것이 뭐가 있어. 멋지게 해보는 거야."

3개월 정도 목숨을 걸다시피 연습했다. 지방공연을 포함해서 약 5개월 정도의 공연을 했다.

나중에 알게 되었는데, 뮤지컬 배우들의 가사는 관객들에게 쉽게 전달이 되었다고 한다. 제일 큰 공연장은 2000석 짜리 대공연장이었다.

25 각본으로 짠 결혼

19 84년 겨울, 명동에 있는 '엘칸토' 예술극장에서 '총각파티' 라는 연극을 하고 있었다. 대학의 여자 후배가 자신의 여자 선배와 함께 공연을 보러왔다가 분장실에 인사를 하러 들렀다.

나에게는 학교 후배로 나는 연극과이고, 그 여자는 무용과 5년 후배였다.

첫 눈에 마음에 들어 사귀어야겠다고 생각했다.

"내가 혹시 작품 때문에 나중에 연락을 할 일이 있을지 모르니까, 전화 번호 좀 알려줘."

내 마음 속에는 벌써 많은 계산이 서있었다.

그 당시 계원예고에서 겨울방학 워크숍 공연으로 뮤지컬 '가스펠'을 준비하고 있었는데, 안무를 맡기면 날마다 만나게 되리라는 생각을 하였다.

'총각파티' 공연을 마치고 전화를 했다.

"계원예고에서 뮤지컬 공연을 하는데 안무를 맡아줬으면 좋겠어.

물론 안무비는 거의 없고 대신 공연이 끝나면 음악 이론과 연극에 대한 것을 내가 가르쳐 줄테니까 안무비로 대신 하지."

그렇게 해서 작품을 같이 하게 되었고, 덕택에 매일 만나게 되었다.

그 후배는 열심히 작품의 안무를 했고 학생들과도 매우 친했으며, 학생들을 다루는 솜씨가 보통이 아니었다.

나는 내 아내가 될 사람은 여러 사람들과 친화력이 있는 사람이었으면 하는 생각을 가지고 있었다. 우리 형제는 4남 1녀이고, 내가 장남이기 때문에 늘 그렇게 생각했다.

외모는 첫 눈에 마음에 들었지만, 서서히 그 후배의 다른 여러 방면에서도 마음에 들기 시작했다. 내 속내를 알았는지 학생들도 주위 분위기를 조성하기 시작했다.

두 선생님이 잘 어울린다든지, 연습이 끝나면 학생들이 서둘러서 하교를 하고 우리 둘만 남겨 둔다든지, 같이 손을 잡게 한다든지…….

서서히 두 사람의 마음에는 전기가 통하기 시작했다.

서울 흑석동에 사는 나는, 후배의 집은 수원이었고, 계원예고는 경기도 의왕이어서 퇴근 길도 이용하였다. 연습이 끝나면 매일 수원으로 바래다 주면서 사랑이 새록새록 자라났다.

후배는 부모님에게 이야기를 했고, '가스펠' 공연 때 어머니가 구경을 오셔서 나를 처음 보시게 되었다.

나는 그 때 영화를 촬영하고 있었는데, 배역 상 곱슬머리를 어깨 너머까지 길렀고 수염도 길렀다. 그 모습을 보시고 기겁을 하시고선 나를 만나지 못하게 하신 것으로 알지만 후배는 나와 계속 만났다.

공연이 끝난 뒤 처음으로 공식적인 데이트를 했다.

나는 오선지 노트를 선물로 주었고, 첫 데이트 날 음악 이론 공부를 했다.

▲ 영화 '대학별곡'

그러면서 매일 만나기 시작했다.

그렇게 만나 오던 중 시간이 어느 정도 흐른 후에 후배의 집을 무작정 방문했는데, 영화 때문에 머리는 빡빡 깎았고, 수염은 그대로 길렀으며, 남대문 시장에서 천원 주고 산 군용 바바리에 비까지 홀딱 맞은 완전히 부랑배의 모습으로 후배 집을 쳐들어 간 것이다.

밤 12시가 넘은 시간이었다. 후배 어머니께서 문을 열어 주시면서 나의 모습을 보시고선 한 동안 말이 없으셨다.

"드드드 들어오시게."

그런 일이 있은 후, 우리는 하루가 멀다하고 매일 매일 데이트를 했다. 후배의 직장이 인천에 있는 무용단이었기 때문에 주로 인천으로 데이트 장소를 잡았다.

전철을 타고 가면서 객차와 객차 사이에서 기차 레일 리듬에 맞춰서 시창 연습을 하면서, 또는 손바닥 크기만큼의 하드 보드지를 잘라서 왼손에 들고 오른손에는 장고채를 들고 장고 리듬 연습을 하면서 인천으로 데이트를 하러 갔다.

후배가 연습이 늦게 끝나면 공원벤치에서 시창 연습과 장고 리듬 연습을 했다.

청혼을 하기 위해 면도도 하고, 머리도 하이칼라로 단정하게 정리하고, 양복을 입고서 후배 집을 찾아갔다. 후배의 부모님은 나를 바로 알아보지 못하셨다.

아버님께 드릴 말씀이 있어서 찾아 왔다고 말씀을 드렸더니,

"맨 정신으로는 말 못하는 거지? 여보 여기 술상 차려오라우."

"결혼 허락 해 주십시오."

아버님 말씀이,

"물리기 없기야."

약 일 년쯤 사귄 뒤에 약혼을 했다. 약혼식을 한 뒤에 경북 봉화에 있는 큰 아버지 댁에 인사를 하러 갔다.

경북 봉화군 소천면 분천리 잣두둘이라는 곳인데, 청량리에서 밤기차를 타고 5시간 정도 가면 새벽에 도착을 하고, 기찻길을 10리 정도 걸어서 산 두 개를 넘어야 도착하는 곳이다.

그 당시 분천역에는 전기가 들어오지 않아서 횃불로 역사를 밝혔는데, 눈이 오는 날의 풍경은 이루 말할 수 없이 환상적이었다.

당연히 큰 아버지 댁에도 전기가 있을 리가 없었다.

외양간 바로 옆방에서 잠을 청하는데, 밖에서 계속 소가 숨쉬는 소리가 크게 들려오니까 도시 출신인 후배 약혼녀는 도둑이 들어왔다며 잠을 자지를 못했다.

나는 할 수 없이 약혼녀를 안심시켜 주기 위해서 옆에 있던 연필 깎는 조그만 칼을 들고 밤을 꼬박 세울 수 밖에 없었다.

그로부터 1년 뒤에 우리는 결혼했다.

나는 결혼할 당시에 가진 것이라곤 아무것도 없었다. 하지만 그러한 나를 선택해 준 아내에게 고마운 마음을 늘 가지고 산다.

우리는 서로 주장이 강해서 부부싸움도 자주한다.

감정이 앞서면 이혼이라는 말도 나온다. 하지만,

"이혼하려면 남경읍 만나서 호강했다는 소리나 듣고 이혼해라"

라고 소리친다.

남자가 지는 것이 가정의 평화를 가져 온다는 것도 너무나 잘 알지만, 아직도 그것이 잘 안 된다.

마음 다스리기가 왜 이리 어려운지?

26 우리 딸 유라

결혼한 지 3년 만에 딸아이를 얻었다. 간호사에게서 딸이 태어났다는 말을 듣고 처음 내 머릿속을 스치는 생각은,

"아! 빼앗겼구나." 그리고 "예쁘게 키워야지!" 였다.

나름대로 세 가지를 다짐했다.

'초등학교 저학년 때 까지는 잠들기 전까지 매일 책을 읽어주기 ', 'What' s this? 할 때는 끝까지 대답해 주기' , '매일 스킨십 하기' 로 정했다.

물론 매일 지키지 못했지만, 열심히 노력을 했다.

한 번은 집들이를 하던 중 후배 하나가 자리를 오래 비운 나를 찾으러 옆방으로 와보니 나는 잠들어 있고, 딸아이가 나의 배 위에서 책을 읽어 주고 있는 모습을 보고 박장대소를 했다고 한다.

그래서 그런지 또래의 다른 아이들 보다 어휘력이 풍부한 것 같았다.

딸아이는 중학교 시절까지 학교에서 받아오는 상장 중에 90퍼센트

▲ 아내와 딸 유라

이상이 글쓰기에 관한 것이었다.

3살 때부터 13살까지 발레를 공부했고, 초등학교 3학년 때에는 예술의 전당 '오페라 하우스'에서 뮤지컬 '미녀와 야수'의 찻잔 역으로 데뷔를 했다.

나는 그 공연을 제대로 관람할 수가 없었다. 왜 그렇게 떨리고 내 딸아이만 보이던지…….

3살 때부터 공연을 관람시켰다. 맨 처음 본 공연은 내가 출연한 '돈키호테'이었는데, 공연 전체 분위기가 어둡고 분장도 강해서 울면 어떻게 하나 싶었지만, 끝까지 집중을 해서 공연을 보았다고 한다.

딸아이가 여섯 살 즈음에 내가 대학로에서 '결혼일기'라는 작품을 했는데, 나의 배역은 해설자겸 1인 다역이었다.

첫 대사를 하고 있는데, 딸아이가 객석에서 나의 대사를 큰 소리로 외쳤다. 객석은 웃음바다가 되었고, 나는 그 때문에 대사를 몽땅 까먹어 버렸다.

간신히 넘기긴 했지만, 딸아이에게 다음부터 당분간 아빠의 공연 관람 금지령을 내렸다.

뮤지컬 '사랑은 비를 타고'를 할 때에는 거의 매일 분장실에서 공연이 끝나면 크리넥스에 물을 묻혀서 나의 땀을 닦아 주고 나의 볼에 뽀뽀를 해 주었다.

딸애는 일반 중학교를 졸업하고, 계원예고 연극영화과에 입학을 해서 지금은 단국대 연극영화과에 재학 중이다. 나와는 학번이 11학번밖에 차이가 나지 않는다. 내가 서울예대를 졸업하고 43살에 다시 단국대로 편입을 했기 때문이다.

딸아이의 꿈은 아빠와 삼촌과 같이 '사랑은 비를 타고'를 같은 무대에서 해 보는 것이었다. 하지만 아빠와 삼촌이 그 배역을 하기에는 너무 나이가 많아서 이루어 질 수 있을지는 모르겠다.

하지만 언젠가는 나와 동생 그리고 딸아이가 함께 하는 공연이 있으리라고 생각한다.

27 뮤지컬을 포기하다!

19 85년 무용극 '꽃신'으로 뉴욕과 워싱턴에 공연을 하러 갔다. 1970년대, 80년대에는 남자 무용수들이 많지 않았기 때문에, 연극계와 뮤지컬계에서 춤을 잘 추는 배우들이 무용에 많이 출연했다.

그 당시 무용에 자주 출연했던 배우들은 유인촌, 김영철, 설도윤, 박상원, 남경주 등이었다.

'꽃신'은 뉴욕에서 3회, 워싱턴에서 2회 공연했는데, 미국 체류기간이 약 25일 정도였다. 공연 횟수에 비해서 체류기간이 상당히 길었다.

공연 날 외에는 자유시간이었기 때문에, 나는 뉴욕 브로드웨이에서 살다시피 했다. 거리 구경도 다니고, 센트럴 파크를 산책하고, 뮤지컬 악보와 레코드판 가게를 매일 구경하였다. 그리고 저녁시간에는 뮤지컬 공연을 관람하였다.

뮤지컬 한 편에 50달러 정도였는데, 돈이 넉넉지 않아서 타임스퀘어에 마련된 50% 세일코너를 활용하였다. 12시 정도부터 줄을 서면 좋은 자리를 반값에 판매하는 것이다.

태어나서 처음으로 본토 뮤지컬을 관람한 작품은 '42nd street' 였다. 떨리는 마음으로 객석에 앉았다. 앞에서 세 번째 줄 제일 가운데 자리였다.

시작 멘트가 나오고 여자 지휘자가 박수를 받으면서 오케스트라 석에 자리했다. 지휘자가 여자라는 것도 놀라운 일이었다. 서곡이 울리고 막이 올라가면서 약 30명 정도가 탭댄스 안무를 하는데, 그 충격은 이루 말할 수 없었다. 숨이 막혀오는 것 같았다. 화려한 세트의 편안한 진행, 화려한 조명, 완벽한 음향, 배우들의 완벽한 연기 모든 것이 나의 기를 죽이는 것이다. 해피엔딩의 코믹 뮤지컬을 관람하면서 2시간 내내 눈물을 흘렸다. 우리 뮤지컬과의 차이가 너무나 커서 약이 올랐기 때문이다. 공연이 끝나고 난 뒤에 한동안 객석에 멍청히 앉아 있다가 극장 관계자가 빨리 나가라고 하는 말을 듣고서야 극장 밖으로 나왔다. 브로드웨이 거리를 혼자 한없이 거닐었다.

다음 날 '캣츠'를 보았다. 상상조차 할 수 없었던 안무, 의상, 조명, 배우들의 연기가 부러웠다. 그 다음 날에는 '코러스 라인'을 낮에는 영화로, 저녁에는 무대 뮤지컬로 관람하였다. '환타스틱스', 영화 '백야', '오델로' 등을 보면서 나는 날마다 강펀치를 맞은 듯 충격을 받았다.

'아, 뮤지컬이라는 것이 한국 실정에는 맞지 않는 것인가? 그리고 내 능력으로는 뮤지컬 배우가 벅찬 것이 아닐까?'

내 자신이 너무나 초라하게 느껴졌다. 세계 제 1의 뮤지컬 배우가 되겠다고 큰소리 쳤고 나름대로 열심히 한다고 했지만, 그들과의 벽은 너무나 컸다. 나의 희망이 한순간에 사라지고 말았다.

그 때 마침, 뉴욕에는 대학 친구들과 후배들이 많이 살고 있었는데,

▲ 뮤지컬 '돈키호테' 중에서

한국의 정치상황이나 전쟁 위험 등이 너무 위험하니까 미국에서 불법
체류를 해서라도 공부를 더 하라고 종용했다.

"그건 나만 살자고 하는 것이다. 그리고 약혼도 한 상태이고……."

착잡한 심정으로 귀국행 비행기에 올랐다.

비행기에서 여러 가지 생각을 많이 했다. 몇 시간이 지났는데 갑자
기 비행기가 요동을 쳤다. 처음에는 난기류 때문인 줄 알았는데, 시간
이 갈수록 더 심해지는 것이었다. 방송에서는 계속 난기류로 인한 상
황이라고 했지만, 승무원들의 표정이 굳어져 있었다. 옆 사람들이 생
명보험에 든 얘기들도 하고, 유서를 써야한다는 등 웅성거렸다.

그렇게 몇 시간을 지나서 앵커리지에 기착을 했고, 또 여러 시간을
기다려서 비행기를 갈아타고서 한국에 겨우 도착했다. 너댓 시간이나
연착을 해서 우리가 도착 창구에 모습을 드러내자 탑승객 가족들이
울기 시작했다. 공항 전광판에 '기체이상, 탑승객 명단' 등이 안내가

되었다고 했다.

　그리고 집으로 돌아왔다. 짐을 풀고 있는데 갑자기 '실제 상황' 이라며 싸이렌이 울리고 밖을 내다보자 사람들이 이리 뛰고 저리 뛰고 생필품을 사러 수퍼로 달려가면서 난리가 났다.

　'아, 미국에 있을 걸 잘못했나? 20분이 지나서 상황이 종료됐다. 이웅평 대위가 미그기를 몰고 남한으로 귀순을 하고 있는 중이었다. 그런 와중에서도 나는 미국에서의 체험 때문에 뮤지컬을 포기하기로 했다.

　"나는 뮤지컬 배우로 적합하지 않은 것 같다, 포기하자."

　그 때부터 몇 개월을 아무것도 하지 않고, 멍청하게 지내고 있었다.

　1986년에 서울에서 아시안 게임이 개최되었는데, 하루 종일 중계방송과 신문의 스포츠 란만 뒤적이고 있었다.

　"어! 이럴 수가, 우리나라 탁구가 중국을 이기다니."

　그 당시 중국이라는 죽의 장막은 난공불락이었다. "그리고 우리나라가 체조에서 금메달을 따다니."

　마찬가지로 우리나라가 체조에서 금메달을 따는 것은 상상조차 할 수 없었을 때였다. 불가능이라고 생각했던 것들도 하면 되는 것인가?

　내가 결정적으로 포기를 생각했던 것은, '코러스 라인' 중에 'I can do that' 이라는 장면을 보고 기가 질려서 였는데, 내 마음 속에 서서히 'I can do that' 이라는 엔돌핀과 자신감이 다시 생겨나기 시작했다.

　그 이후로는 내 마음이 흔들린 적은 한 번도 없었다.

　뮤지컬 'Man of La mancha' 의 돈키호테 노래 중에 ' Impossible Dream' 이라는 노래가 있다.

　'꿈! 이룰 수 없는 꿈!

싸움! 이길 수 없는 싸움!

슬픔! 견딜 수 없는 슬픔!

가자! 갈 수 없더라도

이 몸, 지쳐 쓰러져도

모든 악을 물리쳐서, 나의 꿈을 이루는 것이

세상의 품격 높이는 것.

이게 나의 길, 그 길을 따라,

불가능 하여도 굴하지 말고 정의를 위해 싸우고 싸우자.

나의 하느님 뜻이라면 지옥엔 못 가랴!

이 영광! 영광을 이룰 수 있다면 무덤에 묻힌다 해도 웃으며 묻히리.

이룰 수 없는 꿈을 위해 이 한 몸 조롱받더라도 싸우리.

끝까지 용감하게.

가자! 저 별을 향하여!

이제 우리의 뮤지컬이 'Possible Dream'이 되었다.

1992년과 94년에 무대에서 '돈키호테' 역할을 하면서 ' Impossible Dream'을 힘차게 불렀다.

28 아마데우스

음악 영화를 좋아하는 나는 대한극장에서 '아마데우스'를 보았다. 내가 좋아하는 곡들이 흘러나와서 좋았고, 드라마 자체가 너무 좋아서 감동했다. 그 당시 궁정 악장이던 '살리에리'의 시점에서 본 '모차르트'의 천재성을 그린 작품인데, 살리에리 자신은 평생을 바쳐 신을 모시고 신의 소리를 음악으로 만들고 싶었지만 능력의 한계를 느끼며 살아가는데, 인간성이 못 되고 망나니 생활을 일삼는 모차르트가 상상을 초월하는 작품을 만들어 내는 것을 보고 시기와 질투심에 급기야 신을 부정하고 저주하면서 모차르트를 살해한다.

영화를 보는 내내 내가 혹시 '살리에리'가 아닌가 라는 생각을 했다.

'나는 조금은 천재인 줄 알았는데, 천재가 될 수 없구나.' 내가 천재가 아니라는 것을 빨리 깨닫게 해 준 절대자께 감사드렸다. '내겐 좋은 뮤지컬 배우가 되려는 꿈이 큰데 난 천재가 아니다. 그렇다면 그 꿈을 이루는 방법은 하나 밖에 없다. 죽도록 열심히 하는 것 밖에.'

살리에리가 절규를 하면서 신에게 말을 한다.

"내 운명을 알았습니다. 파멸, 파멸을 말입니다. 난생 처음으로 공허함을 뼈저리게 느꼈지요. 아담이 자신의 나신을 느낀 것처럼 말입니다. (서서히 일어선다)

당신은 제가 얼마나 열심히 노력했는가를 아시잖습니까? 제가 이 세상을 이해하려고 예술에 몸과 마음을 바치는 건 오직 당신의 소리를 듣고자 함이었습니다. 그런데 지금 전 당신의 소리를 듣습니다. 모짜르트를 부르는 당신의 소릴 말입니다. 악의에 차고 시건방지고 잘난척하는 철딱서니 모짜르트! 타인을 돕기 위해서는 몸을 사리고 꼬리를 빼고 마누라에게 엉덩이를 얻어맞으며 음탕한 소리나 지껄이는 모차르트! 쓰레기 같은 그런 자를 당신은 신의 소리로서 선택하셨습니다!

헌데 저에게 베풀어 주시는 보상은, 저의 거룩한 특권은, 이 시대에 있어서 신의 소리를 분명하게 깨달을 수 있는 유일한 사람이 되라는 것 뿐입니다.

(거칠게) 좋습니다. 이제부터 우린 적입니다! 나는 이제 당신의 소리를 귀담아 듣지 않겠소이다.

듣고 있는 거요?……. 당신은 적이요, 이제부턴 영원한 적이라 부르겠소!

그리고 난 맹세하노니! 마지막 숨을 거둘 때까지 이승에서 당신을 거역할 것이오. (그는 신을 노려본다) 신에게 신의 길도 가르치지 못한다면 도대체 인간이란 무슨 쓸모가 있겠습니까?"

29 내 이름이 남경색?

나는 불신검문을 할 때마다 그냥 지나친 적이 없고, 예외없이 검문을 당한다. 내가 범죄자처럼 생겼는지 불신검문에 늘 걸린다

1980년 중반에 이근삼 선생님의 '유랑극단'을 연습하고 있을 때였다. 당시는 대학생들의 데모가 절정이었을 때다. 가방에 대본과 악보를 항상 가지고 다녔는데, 그 때는 인쇄 기술이 지금과 같지 않아서 복사를 해서 조악하게 대본과 악보를 만들었다. 가방을 조사하던 경찰관들이 대본과 악보를 살펴보다가 나를 험악하게 바라보았다.

대본과 악보의 주된 내용은 '도적이 주인이 되고, 역적이 지도자가 된다'는 내용들이었다. 그들은 나에게 주민등록증을 요구했다. 당시 주민등록증의 이름은 한문으로 되어 있었다. 경찰이 내 주민증을 보더니

"남 경~색 씨, 직업이 뭐요?"

나는 경찰에게 다짜고짜 말했다.

"에이! 한문 공부 좀 하세요. 남경색이 뭐예요, 남경읍이지."

그 경찰은 무안했던지 얼굴이 빨개지더니,

"아이 참, 빨리 가세요. 다른 사람 검문하게……."

나는 덕분에 그냥 풀려나올 수 있었다. 사실 읍(邑)자와 색(色)자는
구별하기가 쉽지는 않다.

30 웨스트 사이드 스토리

19년 초 어느 날, 대학로의 커피숍 '난다랑'에서 이젠 작고하신 김상열 선생님을 만났다. 선생님께서 만나자고 하셨기 때문이다.

김 선생님은 누구나에게 너무나 카리스마가 강하셨기 때문에 겁이 났다.

"왜 만나자고 하실까?"

"경읍이, 웨스트 사이드 스토리 하자. 배역은 베르나르도야."

1960년 초에 영화로 만들어졌었는데, 미국 영화배우인 '조지 차키리스'가 그 역할로 아카데미 남우조연상을 수상했었다.

"네, 선생님 열심히 해보겠습니다."

"근데 합창지도까지 해야겠어. 할 수 있겠어?"

"네."

일단 무조건 대답부터 했는데, 물론 자신도 있었다. 그 동안 나름대로 음악 공부를 계속 해왔기 때문이다. 하지만 프로 무대에서의 합창

▲ 뮤지컬 '웨스트 사이드 스토리' 중에서

지도는 한 두 번 했지만, 부담이 많이 갈 수 밖에 없있다. 그래서 많은 공부를 했고 최선을 다해서 합창 지도를 했다. 공연은 지방 공연을 포함해서 약 1년 정도를 했다.

대본읽기가 끝나고, 첫 동작선 연습날이었다.

상대편 두목인 리프 역을 맡은 주원성이 내 어깨를 두드리고 내가 쳐다 보는 순간 나의 눈을 가격했다. 정통으로 눈을 맞아 그대로 쓰러졌다. 모든 후배 배우들이 박수를 쳤다.

"역시 경읍이 형은 리얼해."

몇 분 후에 후배들은 그것이 연기가 아니라는 것을 알았다.

"어, 피가 난다."

나는 후배의 부축을 받고 병원으로 갔다. 눈알이 터진 것 같았다. 다행히 눈알이 터진건 아니고, 눈두덩이 찢어진 것이었다. 안대를 하고 연습실로 왔다.

다음 날 저녁 식사 시간에 연습실 길 건너편 식당에서 식사를 하고 나오다가 바람 때문에 닫히는 육중한 식당 쇠문에 오른손 엄지 손가락을 찢었다.

삼일이 지나자 뿌리 채로 손톱이 빠졌다. 눈에는 안대, 손가락에는 붕대, 통증으로 고통스러웠지만 내 모습은 정말 우스꽝스러웠다.

그 당시 수원에 살고 있었는데, 어떻게 운전을 하고 다녔는지 지금 생각해도 웃음만 나온다. 한 쪽 눈을 안대로 막았기 때문에 거리를 가늠하기가 힘들었고, 엄지 손가락에 손톱이 빠졌기 때문에 핸들을 돌리면 피가 쏠려 아팠으므로 왼손으로만 핸들을 꺾어야 하는 나의 모습은 정말 가관이었다.

드디어 막이 올랐다.

별 탈 없이 공연이 진행되던 어느 날, 공연 중에 무대 천정에서 이상한 소리가 나더니 조명기 8대가 무대로 떨어지면서 지름 10센티에 길이 15미터나 되는 쇠로 된 봉이 무대로 떨어졌다.

조명을 어둡게 하고 배우들이 그 조명기와 쇠봉을 치우고 공연이 재개 됐지만, 정신을 차릴 수가 없었다. 바로 다음 장면이 서로 다른 파들이 싸우는 장면인데, 배우 모두가 상대방 눈을 응시하지 못하고 무대 천정만 보면서 대사를 했고, 나는 칼에 맞아 죽는 장면에서 다리를 모아서 중요한 부분을 가리고 머리를 감싸 안으면서 눈을 뜨고 죽었다.

나는 그때 내 딸 유라에게 동생이 있어야 한다고 생각을 했기 때문이다.

31 선생님 주물러 드릴까요

공연 기간 중에 나의 상대 배역 '아니타' 역을 맡은 후배 여배우가 계속 밥을 먹지 않았다. 자신의 몸무게 때문에 나에게 미안하다는 것이었다.

공연이 시작된 지 두 달여가 지났다. 항상 공연 시작 서너 시간 전에 나와서 준비하던 후배가, 한 시간 전에도 나타나지 않았다.

대신 후배의 어머니에게서 전화가 왔다.

"딸애가 지금 병원에 입원해 있는데, 장 유착으로 수술을 해야 한대요."

더블 캐스팅도 없는 상태였으므로 극단에서는 난리가 날 수 밖에 없었다. 여자 주인공인 마리아역에는 배우가 3명이었는데, 그 중에 이윤표라는 배우가 있었다. 아니타의 대사와 노래 그리고 안무까지 다 외우고 있었다.

"오빠, 제가 해 볼게요."

부랴 부랴 대충 연습을 끝내고 공연을 시작했다.

2막 마지막 장면에서, 내가 아니타의 허리를 잡고 어깨 위로 올리는 장면이 있었다. 원래의 아니타는 몸무게가 좀 나가는 배우였는데 이 윤표는 매우 날씬했고 점프력도 매우 좋았다.

여느 때처럼 이윤표를 있는 힘껏 공중으로 들어 올렸다.

그런데 윤표는 공중으로 날아갔고, 나는 윤표를 잡을 수가 없었다.

그렇게 막이 내려졌다.

며칠 후 언더스터디를 하던 여배우가 며칠 연습을 한 뒤 나의 파트너가 되었다.

노래는 잘 하지만, 처음 뮤지컬 무대에 오른 후배였다. 키도 나와 같았으므로 안무를 하면서 내 얼굴을 할퀴기가 일쑤였다. 하지만 일부러 그런 것이 아니라 이해할 수 밖에 없었다.

2막 마지막에 역시 그 애를 들어 올려 나의 어깨 위에 올려야 했다.

하지만 그 아이는 점프를 할 때 이상한 습관이 있었다. 항상 한 발을 뒤로 들어 올리는 것이다. 결국 그때마다 나는 급소를 가격 당했다.

조명이 꺼지고 막이 내려오면 나는 그 자리에 쓰러질 수 밖에 없었다. 커튼 콜은 모든 배우들이 일렬로 서서 진행되었다. 바로 옆에 있던 후배들은 처음에는 놀랐지만, 자주 그런 일이 생기는 터라 다음부터는 깔깔대며 재미있어 했다.

며칠 후에 무대 끝 쪽에 있던 여자 후배 하나가 쓰러진 나를 보고 말했다.

"선생님 어디 다치셨어요? 어떡해, 주물러 드릴까요?"

다음 날부터 그 아이의 별명은 '주물럭' 이 되었다.

32 깡패 두목 눈물 흘리다

공연이 연일 진행 되었고 관객들도 인산인해였다. 하지만 각 배역의 더블 캐스팅이 없었기 때문에 모든 배역들이 피곤해 있었다.

동생 경주는 '토니' 라는 주인공이었는데 너무나 힘들어 했고, 제작진에게 계속 SOS를 청했다. 하지만 받아들여지지 않았다. 지금은 평일에는 낮 공연이 별로 없지만, 그 당시에는 평일 낮 공연도 계속 진행되던 때였다.

하루는 공연 10분 전에 분장을 끝내고 의상을 갈아입던 동생이 갑자기 쓰러지면서,

"형 나 좀 살려줘!"

워낙 장난이 심했던 동생인지라,

"야! 공연 전에 장난하지 마."

다른 후배들도 맞장구를 쳤다.

"형, 일어나. 공연 전에 장난하냐?"

"아니야. 진짜 아파, 윽!"

그러고 보니 장난치는 것이 아닌 것 같았다.

얼굴이 까맣게 변하고, 배가 불러 오는 것이 예삿일이 아닌 것 같았다. 무대 세트 중에 간판 하나를 뜯어 들것을 만들어서 스탭들이 부근에 있는 병원으로 옮겼다. 나는 공연을 해야 했으므로 따라 갈 수가 없었다. 그런데 주연 배우가 없었다. 언더스터디 배우에게 빨리 옷을 갈아 입으라고 했다.

"제가 어떻게 해요?"

동생이 연습에 빠진 적이 없었기 때문에 언더 스터디를 맡은 배우는 한 번의 연습도 하지 않은 상황이었다.

"임마! 관객들 안 보여? 빨리 갈아 입어."

그 배우는 울면서 의상을 갈아 입었다.

공연 중에 분장실로 계속 전화가 오고 있었다. 남경주의 보호자가 없어서 수술을 진행하지 못하고 있다면서 빨리 보호자가 오라고 연락이 왔다. 핸드폰도 없던 시대였다. 가족 중에 연락되는 사람이 아무도 없었다.

공연은 시작되었고, 나는 모든 배역 중에 가장 강인한 카리스마를 지닌 악당 두목인데도 계속 엉엉 울면서 공연했다. 관객들은 그 이유를 아무도 몰랐을 것이지만, 2막 중간 쯤에 토니에게 칼을 맞아 죽기 때문에 그때를 활용하기로 했다.

죽은 후에 커튼콜을 하지 않고 바로 병원으로 쫓아가서 보호자 도장을 찍고서야 동생은 수술을 할 수 있었다.

수술을 마친 의사 선생님은 조금만 늦었어도 위독할 뻔했다고 말했다.

33 부산대박!

웨스트 사이드 스토리는 안무가 많은 작품이라서 그런지 유난히 사고가 많았다. 앞에 얘기한 사고 이외에도 탈장으로 공연 중간에 빠진 배우도 있었고, 무대 꼭대기에서 10킬로그램 짜리 쇠뭉치가 떨어져서 무대가 파이는 사고도 있었고, 공연 중에 갈비뼈에 금이 간 상태로 공연을 계속하던 배우가 다 나은 날 다시 앞니가 서너 개 부러지는 사고 등도 있었다.

부산 공연 중에 있었던 일이다. 다음 장면을 위해 분장실에서 의상을 갈아 입으면서 무대 모니터를 보고 있는데 이상하게 메인 커튼 그림이 보였다.

나는 아무 생각없이, "얘들아! 부산 극장은 좋다. 곳곳 마다 카메라를 비추네!"

그러다가 가만히 생각해 보니 그럴 리가 없었다. 그 장면은 경주가 '마리아' 라는 솔로곡을 부르는 장면이었다.

느낌이 이상해서 무대로 뛰어 나갔더니 사고가 나 있었다.

무대 뒤에 설치한 가로 15미터 세로 6미터 정도의 쇠와 합판으로 만든 배경 세트가 객석 쪽으로 무너진 것이다. 무대에서는 경주가 노래를 하고 있었다.

그 당시에 부산 극장에는 '리미트'라는 자동 멈춤 장치가 없어서 무대실에서 사람이 직접 버튼으로 조작을 해야 하는데, 한 스탭이 실수로 조작을 하지 않아 그 세트가 기울어졌고 무게를 이기지 못한 케이블이 끊어지면서 무너져 내린 것이다.

부산의 모 방송국에서 그 날 공연을 녹화를 하고 있었는데 그 장면이 고스란히 저녁 뉴스에 방송이 되었고, 그 다음 날 공연은 관객들로 인산인해를 이루는 대박을 쳤다. 대략 40분간 공연을 중단하고 그 장면부터 다시 시작을 했는데, 돌아간 관객도 없었고 환불 소동도 전혀 일어나지 않았다. 부산 관객들이 사랑스러웠다.

경주는 객석을 향해서 '마리아 마리아 마리~아!' 열창을 하면서 마리아가 있는 뒤쪽 발코니를 향해 가다가 큰 소리로 외쳤다. '엄마~아!'

34 기본도 되지 않은 배우

1979년에 서울시립가무단(현 시립뮤지컬단)에서 뮤지컬 'Man of La mancha(돈키호테)' 에 출연했다. 내가 맡은 배역은 마부 '호세' 라는 배역이었다. 대사는 단 한 마디 "알돈자, 오늘 밤 어때?" 였지만 열심히 했다.

그리고 1992년에 경기도립극단과 롯데월드예술극장에서 '돈키호테' 역으로 출연을 했다. 워낙 명작이기도 하고 너무나 해보고 싶었던 작품이어서 목숨걸고 연습을 했다. 공연이 다 끝난 후 모 잡지에 나에 대한 연기평과 공연평이 나온 것을 우연히 읽게 되었다.

"배우 남경읍은 기본이 되어 있지 않은 것 같다."

나는 하늘이 무너지는 것 같았다.

돈키호테를 해석을 못했다든가 그 배역에 역부족이었다는 것이 아니고, 기본이 되어 있지 않다는 것이다. 연기를 16년이나 했는데 기본이 되어 있지 않다니?

나는 학생들에게 가르칠 때도 그렇고, 내 자신에게도 기본이 가장

중요하다는 것을 누누이 되새기고 있는 사람인데…….!

"화가에게는 석고 데생이, 피아니스트에게는 하논이, 발레리나에게는 바 운동이 가장 중요하다."

아직까지도 그러한 생각에 토를 달아 본 적이 없는데…….

석달 열흘을 잠조차 이룰 수 없었다. 너무나도 분했다.

"돈키호테 배역이 3명 이었는데, 혹시 다른 사람을 나로 착각한게 아닐까?"

"그 평론가를 직접 만나 볼까?"

갖가지 생각, 온갖 궁리를 다해봤으나, 분한 마음은 좀처럼 풀리지 않았다. 하지만 그렇게 세월이 흘러갔다.

지금 생각하니까 그때 그 평론가의 평가가 나를 다시 한 번 성장하게 한 계기가 되지 않았나 싶다. 아직도 그 평론가를 사석에서 만날 수 있다면 어떤 관점에서 그런 평가를 내렸는지 물어보고 싶다. 그 평론가가 그때 일을 기억할지는 모르겠지만 말이다.

35 난 혼자서도 '자~알' 논다

나는 초등학교를 2년 빨리 입학했기 때문에 같은 급우들이 동생 취급을 했다. 그러나 난 개의치 않았고, 성격이 쾌활해서 잘 어울렸으므로 서울예대 시절까지는 친구가 상당히 많았다. 서울예대 전교생 350명의 이름을 다 외울 정도였고, '남경읍이 모르면 간첩'이라는 말까지 나올 정도로 활동적이었다.

그러나 혼자만의 연습시간이 많아지기 시작하면서 사람들을 잘 만나지 못했고, 또한 대학 친구 아닌 다른 친구들과는 일상생활의 리듬이 완전히 반대였기 때문에 친구들과 만날 수 있는 시간이 거의 생기지 않았다. 그렇게 세월이 흘러가면서 하루종일 나 혼자만의 싸움을 지속해 나갔다. 그것이 나의 성격이 된 것 같다.

오랜만에 친구들을 만나면 대화도 통하지도 않고, 자주 만나지 못했으므로 정이 든 것도 아니어서 만남 자체가 생기질 않았다.

어떤 친구들은 내가 가끔 방송과 신문을 타니까 유명세로 건방져져서 그렇다고 거부감을 드러내기까지 하였다.

1992년에 'Man of La mancha' 를 공연할 때였다.

산초 역을 맡은 후배와 연습이 끝나면 가끔 술자리를 가졌는데, 후배에게 이렇게 하소연한 적이있다.

"나는 말년에 상당히 외로울 것 같다. 나의 속내를 털어놓을 친구하나 만들지 못해서……."

그러자 그 후배가 대답했다.

"형! 이제 형이 진정한 예술가의 반열에 접어드는 거야, 예술가는 외롭잖아."

많은 의미를 함축하는 말인 것 같았다.

창작 작업이란 외로움의 고독한 자세로 정신의 깊은 곳을 비집고 들어가는 것이고, 혼신을 다해 파고들겠다는 각오 없이는 누구도 감동시킬 수 없는 것이다.

그 후배의 말이 나에게 큰 힘이 되었고, 그리고 그 후 지금까지 나 혼자 노는 것을 즐길 수 있게 되었다. 나는 정말 오랜 시간을 나 혼자 '자~알' 논다.

지금 한국에서 가장 외로운 사람은 대통령일 거고, 이 세계에서 가장 외로운 사람은 아마도 오바마 대통령일 것 같다.

36 번데기

1976년 서울예대 1학년 연극과 시절의 일이었다. 그 날 연기 수업시간의 과제는 '신체로 물고기를 표현하기' 였다. 우리 동기들은 몸으로 나름대로 과제를 열심히 발표했다. 어떤 애들은 아름답게 표현하고, 어떤 애들은 멋지게 표현했다.

나는 '작살 맞은 물고기' 를 표현하고 싶었다, 얼마나 아플까?

내 순서가 왔고 나는 열심히 최선을 다했다. 그러다가 완전히 몰입이 되어서 교수님이 세 번이나 그만 하라고 하셨는데, 나는 그 말을 듣지 못하고 계속 몰입하고 있었다. 동기 중 한 명이 내 몸을 치면서 제지하고서야 멈추었다.

일종의 신내림이 이런 것인지도 모르겠다. 그 때부터 그 교수님은 정확히 18년 동안 나의 인사도 받지 않으셨고, 나의 시선을 마주치지도 않으셨다. 나만의 착각일까?

1994년에 서울 연극제에 뮤지컬 '번데기' 가 출품 허락을 받았다. 그 당시에는 뮤지컬이 활성화되지 않았고, 천대도 많이 받았던 시절이었다. 우리는 연극제에 출품 할 수 있게 된 것만 해도 고맙게 생각해서 열심히 했다.

내가 맡은 역할은 남자 주인공이었는데 근육 마비 병에 걸린 무용수였고, 여자 주인공은 체조 국가대표 선수로서 훈련을 하다가 하반신 마비가 되어서 재활원에 들어왔는데, 그 여자와 재활 훈련을 하는 장애우를 위해 남아있는 일생을 헌신한다는 내용이었다.

공연이 며칠 흘렀다. 낮 공연이 끝나고 분장실에서 쉬고 있는데, 누군가가 찾아왔다는 얘기를 듣고 분장실 밖으로 나왔다.

나의 인사를 18년 동안 받지 않으시던 교수님께서 그 자리에 계셨다.

"교수님 안녕하세요?"

"남경읍, 너 잘한다."

한 마디만 남기고 떠나가셨다.

나는 그 작품으로 제18회 서울연극제 남우주연상을 받았다. 그리고 출품한 것만해도 고맙게 생각했던 뮤지컬 '번데기' 가 연극제에서 '대상' 을 받았다.

그 교수님은 그 당시 심사위원장이셨다. 지금은 뒷풀이 등 술자리에서 만나 뵈면 항상 교수님 옆자리에 나를 앉히신다.

"남경읍, 내 옆에 앉아"

37 죽을 때까지 해야 하는 공부

서울예대에 입학했을 때 교수님과 선배님들로부터 들은 얘기가 있다.

"모든 것은 최소한 10년은 해야 한다."

그래서 정말 뒤돌아보지 않고 10년을 열심히 했던 것 같다.

그 10년이 되던 해에 나를 새삼 되돌아보았다. 나름대로 열심히 해왔다고 자부했는데, 부족한 것이 너무도 많았다.

"5년을 더 연장하자."

15년이 되던 해에, 또 다시 5년을 회고해 보았다.

"그래, 최소한 20년은 해야 했다는 소리를 하지!"

20년이 되던 해에 다시 나를 되돌아보았다. 별로였다.

"그래 내 생각이 잘못 되었구나. 배우 공부라는 것은 죽을 때 까지 하는 것이구나."

38 4.5미터에서의 추락

1992년에 뮤지컬 '레미제라블' 에서 나는 장발장을 평생 쫓는 자벨 형사 역을 맡았다. 사람들은 나에게 이때까지 가장 잘 어울리는 역이라고 얘기 했다. 나도 정말 매력이 넘치는 배역이라고 생각했다.

2막의 마지막 장면에 자벨 형사가 다리에서 강으로 뛰어내리는 자살 장면이 있는데, 실제 무대에서의 높이가 4,5미터의 육교 높이였다.

나는 연습 틈틈이 육교에 올라가서 높이를 가늠하였다. 처음에는 꽤 높다는 생각을 했지만 시간이 갈수록 적응이 되었고, "이 정도 높이면 자신있다." 라고 자신감도 생겼다. 나는 그 당시 운동을 상당히 많이 했었다.

공연 때는 다리 아래에 두꺼운 스폰지 매트리스를 깔고 은폐물을 세우기로 했다.

드디어 공연 날이 다가왔다. 공연이 시작되었는데도 스폰지 매트리스가 도착하지 않았다. 1막 중간 중간에 무대 감독에게 확인을 했지

▲ 뮤지컬 '레미제라블' 중에서 자벨 역
(1994, 리틀앤젤스회관)

만, 여전히 도착하지 않았다. 휴식 시간이 지나도 매트리스는 나타나질 않았다. 2막에 내가 자살을 하려고 다리 위로 올라가면서 무대 감독에게 확인을 했다.

"왔냐?"

"아직이요."

자살을 하려고 다리 위를 오르면서 오만 가지 생각을 다했다. 물론 노래를 부르면서……!

노래 가사는 기계적으로 내 입 밖으로 튀어 나오고 있었다. 하지만 내가 자살을 하지 않으면 작품이 성립이 되지 않게 되므로 많은 생각이 끊이질 않았다. 결국 노래가 끝나고 짧은 고민 끝에 4,5미터의 다리에서 뛰어 내렸다.

나는 그 정도의 높이는 자신이 있었다. 운동으로 다져진 몸이라고 생각했기 때문이다.

남의 속도 모르고 객석에서는 비명소리와 함께 우레와 같은 박수 소리가 터져 나왔다. 문제는 평상시에 육교에서 가늠했을 때는 바닥이 보이는 상태였지만, 공연 중에는 조명이 나만 비추는 강렬한 스포트 라이트였기 때문에 바닥이 전혀 보이지 않았다.

그 높은 곳에서 뒷꿈치로 떨어졌다. 나의 항문으로 아랫도리가 빨려 들어가는 느낌이었고, 곧바로 숨이 멎었다.

다음 장면은 전 출연자가 출연을 하는 장면이라 내가 무대에 남아 있으면 안 된다. 나는 무대 밖으로 엉금엉금 기어 나와서 쓰러져 있었다.

▲ 뮤지컬 '두번째 태??' 중에서

마침 스탭 한 사람이 나의 가슴을 눌러 주어서 숨을 쉴 수가 있었다.

공연이 끝난 뒤 무대 감독이 나에게 무릎을 꿇었다. 그리고 다음 날부터 자살 장면이 다른 방법으로 바뀌었다.

그 당시는 정말 무모했던 것 같다.

39 사랑은 비를 타고!

동생과 같이 뮤지컬 공연을 한 것은 지금까지 약 15편 정도이다. 같은 뮤지컬 작업을 해 오면서 동생은 자주 우리 형제 둘만이 할 수 있는 작품을 만들어 보자고 했다. 그러다가 1994년에 동생이 적극적으로 작품 이야기를 하기 시작했다.

그래서 25년 동안 생선을 팔며 자식들의 뒷바라지를 헌신적으로 해 오신 어머니의 얘기를 만들어 보려고 했지만, 그럴 경우 공연 내내 눈물만 흘릴 것 같아 제대로 연기를 하지 못할 것 같다는 결론을 내리고 형제의 이야기를 하기로 결정했다. 그러나 우리에겐 돈이 없었다. 그래서 제작자를 찾아 나섰다.

두 형제의 제안을 받아들인 제작자가 그 자리에서 제안을 받아들였고 곧바로 작품을 제작하기 시작했다. 그리고 연출자로 뮤지컬 전문 연출가를 선정하기로 하였고,

작가는 그 당시 매우 활발한 작품 활동을 하던 사람으로 결정하였다. '어느 40세 생일날의 고백' 이라는 작품으로 '사랑은 비를 타고' 의

초고가 완성이 되었고, 그 이후 '형의 생일날의 고백', '형', '피아노 이중주' 라는 수정본들이 만들어졌다. 대본 수정작업은 여섯 번에 걸쳐 이루어졌다.

제목에 대한 많은 토론 끝에 제작자의 제안을 받아들여 '사랑은 비를 타고' 라는 최종안이 결정되었다.

이후 작곡자로는 버클리 음대에서 편곡을 전공하고 막 귀국한 후배를 선정하였다. 대체적으로 한국의 뮤지컬 작품제작 과정은 제작자 혹은 연출자가 작품을 선정한 뒤, 작곡자 선정 그리고 연기자를 최종적으로 결정하는 작업 방식인데 반해 '사랑은 비를 타고' 는 배우의 아이디어를 기초로 하여 모든 제작과정이 반대로 진행되었다는 것이 특이한 점이다.

특히 마지막에 형제들이 화해하는 장면에서 나오는 피아노 이중주곡은 나와 동생 남경주가 어릴 때 한 평 남짓한 골방에서 서로 피아노를 치며 노래하던 때를 되살려 작가에게 각별히 부탁하여 삽입한 장면이었으며, 많은 관객들이 감동을 받았다고 하는 장면이었다.

그 이후 '사랑은 비를 타고' 는 많은 관객들의 사랑을 받았고, 나는 900회를 출연하였다. 그 이후 다른 배우들로 구성되어 15년 이상 장기공연을 하고 있다.

박상원에게 미안함과 고마움을 그리고 놀라움을!

박상원은 내 동생 경주와 의형제를 맺은 사이이다. 그럼 나하고는 족보가 어떻게 되지?

1980년 초 박상원이 서울시립가무단에 입단시험을 본 날, 단장님께서 실기 성적이 동점인 두 사람 중에 어떤 사람을 선택해야 할지 고민하시면서 나에게 의견을 물으셨다.

단장님과의 독대였다.

나는 후배인 박상원보다 중앙대 출신인 김갑찰이라는 사람이 더 좋을 것 같다고 말씀드렸다.

이유인즉 내가 개인적으로 탭댄스를 너무나 배우고 싶었고, 김갑찰이라는 사람은 그런 이유로 내가 가무단의 시험을 보라고 종용했던 사람이었다. 그 당시에는 한국에서 탭댄스를 출 수 있는 사람이 거의 없었고, 그의 아버님이 한국 최고의 탭퍼인 김완율 선생님이신데, 김갑찰 역시 드물게 탭댄스를 출 수 있는 사람이었다.

박상원은 보기 좋게 미끄러졌다. 너무 미안했다.

물론 다음 해에 다시 가무단에 입단해서 나도 아직 가보지 못한 북한에서 공연도 했다.

세월이 흘러 박상원과 나는 뮤지컬 '남과 북'이라는 공연에서 같은 배역으로 더블캐스팅이 되었다. 지방 공연 마지막 날이 철원의 노동당사 야외 공연이었다.

원래 박상원의 공연이었는데, 공연 며칠 전 나에게 전화를 해서 방송 출연 스케줄이 꼬여서 그 공연을 대신해 주기를 원해서 그렇게 하기로 했다.

동생 경주 동기 중 하나인 조규성이란 후배가 있는데, 그 후배는 이번 공연에 출연하지 않고 특수효과를 맡았는데, 권총·카빈·대포 등의 불꽃효과나 소리 등의 효과를 내는 것이다. 그 효과는 마그네슘으로 했다.

"형님, 오늘 마지막 날이고 야외이고 마그네슘도 많이 남았는데, 멋지게 해보겠습니다."

"알았다, 잘 해봐."

마지막 장면은 포탄 속에서 벙커가 무너져 내리면서 내가 죽는 장면이었다.

예상했던 것 보다 더 화력이 세었다. 겁이 날 정도였으므로 효과 만점이었다. 하지만 약속한 시간보다 2,3초 늦게 터진 대포가 내 얼굴을 덮쳤다.

나는 정말 그대로 쓰러졌다. 죽은 역을 마친 후에 엉금엉금 옆 무대로 기어나왔다.

눈이 전혀 보이지 않았다. 얼굴도 화끈거리고 타는 냄새도 계속 났다. 의상에 불이 붙었는지 후배들이 나에게 물을 붓고 난리가 났다.

"얼굴은 둘째 치고 실명했구나, 나의 배우인생은 끝이 났구나."

후배의 부축을 받고 커튼콜을 끝냈다.

일요일이었고 최북단 철원, 그리고 늦은 밤에 병원이 있을 리가 없었다. 공연이 끝나고 삼사십 분이 지나니 서서히 앞이 보이기 시작했고, 안도의 한숨을 쉬었다. 하지만 거울로 비친 나의 모습은 몰골이 말이 아니었다.

앞머리가 다 타고 시커멓게 그을린 모습, 얼굴에 검정을 닦아냈다. 윗눈썹과 속눈썹이 타버렸다. 원상이 회복되는데 6개월 정도가 걸렸다.

다음 날 서울에 와서 안과도 가고, 성형외과도 갔다. 눈에는 이상이 없었다.

성형외과 의사 선생님이 농담으로 말씀하셨다.

"사고 낸 사람한테 고맙다고 하세요."

"아니 무슨 말씀이신지?"

"요즘, 아직은 사람에게는 실험하지 못하고 동물에게 임상실험을 하는 것이 있는데, 동물 얼굴에 약 1초 동안 불을 뿜어서 1도 화상을 입히게 되면 안면 피부가 벗겨지고 피부가 좋아지는 방법입니다."

나는 뮤지컬계에서 소문난 '피부미인?' 이다.

돈 안 들이고 피부성형을 하게 한 박상원이 고맙다.

요즈음 나와 탤런트 박상원은 연극 '레인맨' 을 같이 하고 있다.

나는 항상 입버릇처럼 말하는 게 있다.

"대한민국에서 연기 제일 잘하는 사람 나오라면 난 나갈 수 없지만, 제일 열심히 할 자신 있는 사람 나오라면 자신있게 내가 나갈 수 있다."

그만큼 열심히 하는 것에는 자부를 하고 30년 배우 생활을 해왔다.

그런 내가 박상원과 15년 만에 연극 무대에서 만났다. 그런데 '레인맨' 연습 기간 내내 박상원에게 몹시 놀랐다.

"어떻게 나보다 더 연습을 많이 할 수 있지?"

동료나 후배 배우들은 나와 작품을 같이 하고 나면,

"남경읍에게 질려서 다시는 같이 안 해" 라는 농담을 많이 한다. 이번엔 내가 박상원에게 질렸다.

박상원은 나에게 신선한 충격을 안겨 준 멋진 배우다.

연극을 오래하다 보니 재미있는 에피소드도 많다. 나체그림 사건도 그 한 예이다.

뮤지컬 '남과 북' 을 할 때였다. 나와 박상원이 더블 배역이었고, 탤런트 최상훈 형과 허준호가 더블 배역으로 상대 배역이었다.

극 초반에 상대 배역이 3.8선을 넘어 북에서 남으로 아내를 찾아 월남을 하다가 내가 소속되어 있는 군대에 발각되고 조사를 받는 장면이 있다. 상대 배역은 허준호가 맡았는데, 준호가 나에게 아내의 사진을 건네주는 장면에 프로그램에서 나의 얼굴을 오려서 종이에다 붙이고 나체 그림을 그려서 건네 준 것이다.

나는 겨우 웃음을 참았지만, 아뿔싸! 내가 그 사진을 본 다음 임동진 선생님에게 그 사진을 건네야 했다. 큰일 났다. '대 선배이신 선생님께 이걸 어떻게 드리지?

그러나 건네야 했다. 그 사진을 받아보신 선생님께서는 한동안 말없이 객석을 등지고 계셨다. 어깨를 들썩이시면서……

지금도 죄송하다.

▼ 사랑은 비를 타고

41 가운데 손가락

뮤지컬 '사랑은 비를 타고'가 관객들의 사랑을 많이 받고 있었다.

초연, 앵콜, 재앵콜!

연강홀에서 재앵콜 공연을 한 뒤 대학로에서 또다시 앵콜을 하게 되었다. 극장은 연강홀보다 규모가 작은 소극장이었다. 무대는 공연내내 비가 내리는 창문과 무대 가장 뒤쪽에 피아노 두 대, 그리고 응접세트가 전부였다.

첫날 첫 회 공연 때, 피아노 앞의 공간이 너무 좁아져서 연기할 공간이 너무 부족했다. 피아노와 등받이 소파 사이에서 형제가 다투는 장면이 있는데, 동생이 나의 양팔을 잡으면 뿌리치는 연기를 해야 하는데 공간이 너무 좁아 왼손 손가락이 소파 등받이에 부딪히면서 크게 다쳤다. 바로 다음 장면이 피아노 연주인데…….

공연 중에 손가락을 확인해야 했다.

소파 등받이에 손을 감춘 채 주먹을 쥐어 보았다.

아뿔사! 'Fuck you!' 가운데 손가락만 남아 있었다. 아프기도 하고, 웃기기도 하고, 황당하기도 했다. 어렵게 낮 공연을 마쳤다.

문제는 저녁 공연이었다. 낮 공연을 마치고 손가락의 상태를 보니 심각했다. 가운데 손가락이 시커멓게 죽어있었고, 퉁퉁 부어올랐다.

마침 제자 전성우가 낮 공연을 구경하러 와서 약국에서 약을 사오라고 부탁을 했다. 사온 약을 손가락에 부랴부랴 뿌리고 공연을 했다, 정신이 하나도 없었다.

저녁 공연을 끝내고 나의 분장대 앞에 놓여 있는 약을 보았더니, '앗!' 말(?) 그림이……. (19세 이상 남성전용 약물)

42 배우의 비애

"사랑은 비를 타고'는 서울 공연이 성황리에 끝나고 지방 공연도 무수하게 많이 다녔다. 부산은 6번이나 내려갔는데, 갈수록 관객은 늘어났다. 서울 공연이 끝나고 첫 지방 공연이 부산이었는데, 첫 장면에 내가 등장하여 15분 정도 혼자 극을 이끌어 나갔다.

처음 등장하는데 관객들의 환호소리 때문에 깜짝 놀랐다. 콘서트를 하는 기분이었다. 그렇게 모든 지방 공연의 관객들은 서울 관객들보다 호응이 좋았다.

사실 지방마다 호응도는 좀 달랐다.

충청도 지방의 관객 반응은 조금 더 다른데, 처음에는 반응이 별로 없다. '내가 지금 뭘 잘 못하고 있나?' 상당히 당황하게 만든다. 하지만 극이 뒤로 갈수록 희나리 같아진다. 서서히 불이 붙어 나중에는 가히 폭탄을 맞은 기분이 된다.

청주 지방 공연 때 집사람과 여섯 살 배기 딸이 같이 내려왔다.

공연을 잘 마치고 서울로 올라오는데, 고속도로가 너무 막혀서 평택

IC로 빠져 나왔다. 집이 수원이었기 때문에 국도를 이용하려고 했던 것이다.

고속도로를 막 빠져 나오자 삼거리가 있었고, 붉은 신호등에 신호대기를 하고 있었다. 자정이 살짝 넘은 시간이었다.

신호대기 중에 집사람과 얘기를 하려고 룸미러를 보는데, 먼 발치에서 큰 불빛 하나가 빠른 속도로 다가왔다. 대수롭지 않게 생각했다. "속도를 줄이고, 서겠지." 잠시후에 다시 룸미러를 보는데 아직도 속도가 줄지 않았고, 그대로 우리차를 덮쳤다. 딸아이는 조금 전까지 뒷좌석에서 껑충 껑충 뛰며 놀고 있었다. 내 차는 꽁무니 없는 '프라이드'였다. 유리창이 다 깨지고 내 차는 5미터 정도 밀려서 도로 구석에 쳐 박혔다.

잠시 후 정신을 차리고 뒤를 돌아보니 아이가 보이지 않았고, 집사람은 거의 실신 상태였다. 아이는 조수석 아래쪽으로 들어가 있었다.

문이 열리지 않았다. 발로 문을 박차고 나가보니 갤로퍼 차량이었다. 그 쪽 차량으로 다가가는데 갑자기 도주를 하기 시작했다. 결사적으로 달려가 차량 보닛 위로 올라가 차량을 세웠다. 문을 열어보니 술냄새가 코를 찔렀다. 경찰에 신고를 하고 집사람과 아이를 택시에 태워 병원으로 보냈다.

그 사이에 갤로퍼 차량의 운전자는 차량만 세워놓고 도주를 했다. 다음 날 안 일이지만, 자기 차량도 아니고 음주 운전에, 무면허, 무보험, 뺑소니까지. 내 차는 바로 폐차 처리 되었다. 그 운전자를 찾아 겨우 합의가 되었다.

문제는 아직도 남아있는 지방 공연 일정이었다. 더블 캐스팅이 아니었기 때문에 남아있는 네 군데의 공연을 주말마다 해야 했다.

집사람과 아이는 병원에 입원했지만, 나는 공연 때문에 입원도 하지 못했다. '사랑은 비를 타고'는 뮤지컬이기 때문에 춤과 노래를 해야 하고, 그리고 2시간 동안 거의 무대에 등장해 있어야 한다.

너무 아파서 울면서 노래하고 춤추고 대사를 했다.

공연이 끝나고 난 뒤 커튼콜을 했다.

최정원 등장 "와 짝짝짝", "남경주 등장 "와 짝짝짝", 남경읍 등장 '싸늘……!'

기획자든, 누구든 관객들에게 상황 설명을 해줬으면 하는 아쉬움이 남은 지방공연이었다.

그 때의 기억 때문에 2008년 뮤지컬 '햄릿' 공연 때 임태경이 고열로 공연을 못 할 뻔하다가 겨우 공연을 끝낸 적이 있는데, 내가 커튼콜 때 관객들에게 상황설명을 했다.

관객들은 태경이에게 뜨거운 격려의 박수를 보냈고, 태경이는 관객들에게 고맙다고 큰 절을 했다.

공연이라는 것은 관객들과의 약속이므로, 약속을 꼭 지켜야 한다. 부모님이 돌아가셨는데도 장례식에 참여하지 못하고 코미디극을 해야 하는 것이 우리 배우들이다.

얼마 전 아버지께서 돌아가시기 직전에 나와 경주가 서로 나눈 말이 있다.

"우리 공연을 피해서 돌아가시면 고맙겠는데……!"

우리 둘의 말은 불효자식들의 속삭임이었을까?

43 항상 새롭게 변화해야 재미있다

"모두가 옳은 일만 하면 세상이 얼마나 지루할까요? 옳은 것보다 새롭고 흥미로운 것이 소중합니다. 적어도 예술의 세계에서는 요."

캘리포니아 예술대 스티븐 리바인 총장의 말이다.

우리의 생활이 변화 없이 매일 똑같은 일만 반복된다면 너무 재미없을 것 같다. 나는 교회에서 성가대원이므로 성가대석에 앉으면 목사님과 교인들의 모습을 한 눈에 볼 수 있다. 목사님의 설교는 교인들의 입장에서 볼 때는 '하나님의 말씀'이다. 그런데 왜 일반적으로 신앙이 깊다는 장로님, 권사님, 집사님들이 많이 조는 걸까.

물론 연로하시기 때문일 수도 있지만, 목사님의 설교가 재미없어서 그런 경우가 많다. 항상 같은 어조로 틀에 박힌 설교를 하는 경우가 상당히 많다. 그래서 나는 당시 나의 선배, 친구, 후배 중에 목사님이 되고 싶어 하는 사람들에게 대학에 가면 꼭 연극동아리에 들어가라고 권유했다.

발성과 발음을 배우는 것도 중요하지만, 진실하게 말하는 법과 변화에 대한 것을 공부하라는 것이었다. 배우가 기술에만 의존하면 관객들에게 감동을 줄 수가 없다. 그리고 아무리 진실하더라도 변화 없는 연기는 지루하기 짝이 없다.

나는 '사랑은 비를 타고'를 더블 배역 없이 700회, 더블 배역과 같이 200회, 통틀어서 900회를 공연했다. 공연을 하는 당사자인 배우가 질려 버릴 수 있는 횟수이다. 그러나 900회 동안 지루하다는 생각을 거의 해보지 않았다.

상대 배역인 동생 경주는 파워풀한 배우이고, 앵콜 공연을 할 때의 배우들은 학구적인 스타일의 배우들이라서 항상 무언가 새로운 것을 하고 싶어했다.

"선생님, 오늘 이 장면에서는 이렇게 해보고 싶은데 괜찮겠습니까?"

"네 맘대로 해봐, 다 받아 줄 테니까."

무대 위에서 매일 조금씩 다르기 때문에 항상 긴장을 하고 있어야 한다. 아무리 장기 공연이라도 매일 다른 공연을 하는 것 같이 신선했다.

나는 가끔 내가 오케스트라의 어떤 악기라고 생각할 때도 있다.

오늘은 바이올린의 느낌으로, 오늘은 첼로의 느낌으로 하면 상대의 반응은 어떻게 달라질까? 관객의 반응은 어떻게 달라

▲ '사랑은 비를 타고' 중에서

▲ '사랑은 비를 타고' 중에서

질까? 오늘은 관악기의 기분으로 하면 어떨까? 늘 새롭게 하면 상대 배우의 느낌도 다르게 느껴지게 되고, 관객의 반응도 다르게 느껴지는 것을 알 수 있다.

오늘은 어제보다 '사이'를 짧게 하거나 조금 더 길게 하면서 상대 배역과 관객들의 반응을 느껴 본다. 무언가 새로운 것에 도전한다는 것은 우리를 다소 긴장하게 하면서 활력을 갖게 만든다.

지금 살만하다고 안주하면 그것으로 끝이므로, 새롭게 도전하고 끊임없이 모험해야 한다. 스스로의 잠재된 위대함을 일깨워 각오를 새롭게 해야 한다. 남을 따라하지 말고 자기만의 독창성을 창조의 무기로 삼아 자기의 분야에서 진정한 주역이 되어야 한다. 이 세상은 우리들이 모험하길 유혹하고 있는 것이다.

44 사십대 중반의 대학생

19 78년에 서울예대를 졸업하고부터 쉬지 않고 공연을 했다. 그리고 1983년부터 2004년까지 어린 나이에 계원예고에서 학생들을 가르쳤고, 대학 강의도 했다. 하지만 어딘가 모르게 한 쪽이 텅 빈 것 같은 허탈함이 계속 나에게 남아있었다.

연기를 할 때면 이론이 정립되어있지 않은 내 연기가 관객에게 거짓말을 하는 것 같았고, 학생들에게 수업을 할 때는 1학기 수업만 하고 나면 나의 밑천이 동이 나서 더 이상 가르칠 것이 없다는 생각이 나를 괴롭혔다.

더 나이가 들기 전에 무언가 큰 결정을 해야 한다고 생각하고 대학 편입을 마음 먹었다. 1999년 12월에 단국대에 지원을 했고, 시험 날 양복에 수험표를 달고 그 위에 점퍼를 입고 시험장으로 갔다. 제자들도 많이 눈에 띄었다.

"선생님, 심사 오셨네요. 저 잘 좀 봐 주세요."

내가 점퍼를 벗자 수험표가 눈에 띄었다. 아이들도 할 말을 잃은 것 같았다.

　심사위원 중에 한 교수님이

"아니 경읍씨 왜 그래요? 나 참."

"아 예, 공부를 더 하고 싶어서요."

　합격자 발표 하루 전에 단국대의 지인한테서 합격을 축하한다는 전화가 왔지만 나는 믿지 못했다. 왜냐 하면 두 명을 뽑는데 수험생 중에 유명 개그맨이 한 명 포함되어 있었고, 혹시나 여자 한 명 남자 한 명을 뽑으면 내가 불리할 것이라는 생각을 하고 있었기 때문이다.

　합격자 발표 날 ARS에서 들려오는 "콩그레츄레이션 남경읍 님 합격을 축하합니다." 라는 축하 멘트를 듣고서야 비로소 합격 사실을 믿을 수 있었다.

　드디어 단국대 연극영화과 98학번이 된 것이다.

　3월 입학 전에 제자들에게서 들은 이야기가 있다. 내가 98학번으로 편입학을 하게 되었다니까 나의 명칭을 어떻게 해야 하는지 회의를 열었다고 했다. 회의의 결론은 갑론을박을 통해서 자기 마음 가는 대로 부르기로 했단다.

　첫 수업 시간에 옆자리를 보니까 학생들의 3분의 1 정도가 나의 제자들이었다. 계원예고와 내가 운영하고 있는 예장연극학원의 학생들이 단국대학에 많이 입학했기 때문이다.

　처음엔 적응하기가 정말 힘들었다. 특히나 학생들이 나와 맞담배하는 것이 적응하기가 힘들었다. 물론 직접적인 제자들은 그렇지 않았다. 하지만 맞담배 피우는 문제는 다음 날 바로 해결이 되었다, 내가 다른 곳에서 피웠으니까.

　나보다 나이가 어린 교수님들이 상당히 부담스러워했다.

　"선배님, 수업에 굳이 나오지 않으셔도 됩니다. 학점은 제가 알아서 드리겠습니다."

"무슨 말씀! 등록금 다 냈는데. 발표도 열심히 하고, 리포트도 열심히 낼거요."

어떤 과목의 리포트 주제를 "왜 연기를 잘 하는 배우들은 대체적으로 인간성이 나쁘고, 인간성이 좋은 배우들은 왜 대체적으로 연기를 못할까?" 라고 설정을 하였다. 담당교수는 현장성이 넘치는 좋은 주제라면서 꼭 제출하기를 바랐지만, 연구의 신빙성을 갖추려면 실명을 거론해야 하는데 그것이 어려워서 결국 포기하고 말았다.

연기 시간에 대사 한 장면을 발표하는 과제가 있었다. 담당교수인 후배가 발표를 하지 않아도 된다고 했지만, 꼭 발표를 하고 싶었다. 후배는 그러면 새로운 작품을 발표하시 말고 최근에 했던 공연 중에 기억나는 대사를 짤막하게 발표만 해도 학생들에게 귀감이 될 수 있다고 했다. 하지만 나는 다른 대사를 해보고 싶었다.

서울예대 시절에 존경하는 교수님께서 LP판에 담겨있는 세계적인 배우 '로렌스 올리비에'의 햄릿 대사를 들려주신 적이 있었는데, 너무나 매료되어 있었다.

갑자기 그 대사를 영어로 해보고 싶은 생각이 들었다. 그러나 워낙 오래된 작품이라 자료를 구하기가 힘들었다. 영어 대본은 인터넷에서 쉽게 구했지만, 비디오 자료나 오디오 자료의 구입이 쉽지 않았다.

궁리 끝에 EBS 방송국에 지인을 찾아가서 자료를 요청했더니 수많은 햄릿 자료 중에 '로렌스 올리비에'의 햄릿이 있었다. 그것을 복사하고 다시 오디오만 복사하여 발음 공부를 하기 시작했다. 3개월 한 학기 중에 거의 마지막에 발표를 했다.

"나이 많은 사람이 그냥 평범하게 하지, 왜 저렇게 튀는 행동을 해?"

영어로 발표한 사람은 나 혼자 밖에 없었으니까 그렇게 생각하는 학생들이 있을 수도 있다. 하지만 언젠가 한 번 해 보고 싶었던 대사였고, 그때가 가장 좋은 때라고 생각을 했기 때문에 좀 눈치는 보였지만 그냥 발표를 해버렸다.

많은 학생들이 박수를 쳐 주었다.

그 당시 나는 뮤지컬 '사랑은 비를 타고'를 공연하고 있었다. 매주 월요일은 공연이 없었기 때문에, 천안에서 해야 하는 교양과목 8시간을 월요일 하루에 다 몰아서 들었다. 실기는 서울 한남동 캠퍼스에서 수업했었다.

더블 캐스팅 없이 혼자 공연했기 때문에 상당히 피곤했다.

교양과목의 점수는 거의 A학점이거나 A+였다.

어떤 교양과목 시간이었는데, 120명 정도의 클래스였다. 연극과 학생은 나와 또 다른 학생이 있었는데 제자였다. 그 학생은 수업 첫날부터 끝날 까지 수업시간에 한 번도 볼 수 없었다.

첫 시간에 교수님께서 출석을 부르시다가 나를 다시 보시더니,

"자네 연극과야? 자네는 연극할 때는 매일 서양 사람만 할 것 같아."

수업의 진행은 한 명씩 책 한 페이지를 큰 소리로 읽어내려 가는 식으로 진행되었다. 그러나 책에 한 줄에 대여섯 개씩 한문이 있어서 한문 세대가 아닌 학생들이 읽어가긴 무리가 많았다. 교수님이 계속 가르쳐 줘야 하니까 진도를 나가지 못했다.

그래서 당연히 책을 읽는 것은 나의 담당이었고, 그때마다 일어나서 큰소리로 읽었다. 하지만 공연을 몇 달 계속해온 나로서는 목도 피곤하고 목소리를 아껴야 하는 형편인데도 교수님은 계속 큰소리로 읽으라고 야단이셨다.

수업시간에 햇빛이 강하게 들어오면 "남군, 커튼 좀 치게." "남군, 벌 들어왔네 벌 좀 잡게." 수업하다 말고 커튼 치고 책 들고 다니면서

▲ 학생들과 엠티를 ~

벌 잡고, 당황스러웠지만 교수님의 수업이 너무 재미있었고 유익했기 때문에 그 교수님의 팬이 되어 있었고 그래서 마음을 비우고 즐거운 마음으로 수업을 할 수 있었다.

하루는 교수님께서 무언가를 한문으로 칠판에 쓰셨다. '호랑이는 호랑이가 알아보고, 영웅은 영웅이어야 알아본다.'는 내용이었다.

"우리 클래스 학생 중에, '남경읍'이란 학생을 아는 사람 손 들어 봐."

학생 몇 명이 손을 들었다.

"내가 문화 예술에 문외한이라 지금까지 '남경읍' 씨를 몰라 보았는데, 어떤 사람이라는 것을 어제 며느리를 통해서 알게 되었습니다. 이 자리에서 '남경읍' 씨에게 정중하게 사과를 하겠습니다."

말씀인즉 매주 가족들과 등산을 하시는데, 그동안 몇 개월 동안 다리를 다치셔서 등산을 하지 못하다가 어제 일요일에 오랜만에 가족동

반 등산을 하시면서 이런 저런 얘기를 하시다가 자연스럽게 학교 얘기도 오갔고, 며느리가 연극과 뮤지컬에 관심이 많다는 것을 아시고,

"내 수업시간에 나이가 좀 든 듯한 연극과 학생이 있어."

"아버님, 혹시 이름은 기억나세요?"

"남경읍이라나? 이름도 특이하고 생긴 것도 특이하고."

"네? 남경읍 씨가요? 그럴 리가 없을 텐데, 그 사람은 나이도 많고……."

며느리가 뮤지컬의 광팬이라 나와 동생의 프로필을 쫙 꿰고 있었던 것이었다.

"교수님 괜찮습니다, 신경쓰지 마십시오."

"수업은 리포트로 대체 시켜 줄테니 너무 바쁘면 수업에 참여하지 않아도 돼요."

그 다음은 상상할 수 있지 않은가. 성적은 A학점이 나왔다.

45 지리산 뱀사골의 추억

뮤지컬 '웨스트 사이드 스토리'의 지방공연 중, 경상도 지역에서 전라도 지역으로 이동하던 중에 이틀이라는 시간이 생겼다. 제작자가 단원들이 수고하는데, 지리산 뱀사골에서 하루 민박을 하자고 제안을 하였다.

단원들은 다들 좋아했고, 물론 나도 좋아했다. 나는 당시 단원들의 군기 반장을 맡고 있었다. 후배들에게 화투나 카드만 하지 말고, 오늘만큼은 마음대로 즐기라고 했다. 그리고는 나는 막걸리 한 병을 사서 뱀사골 계곡으로 향했다. 계곡은 반쯤은 얼어 있었고 반쯤은 녹아 있었다.

냇가를 뚫어지게 바라보고는 송사리가 숨어 들어간 바위에 좀 더 큰 돌덩이로 내리쳤다. 압사당한 송사리가 물에 뜨면 갈대에다가 아가미를 꿰었다. 그렇게 해서 새끼 손가락만한 송사리 10마리 정도를 잡았다. 마른 나뭇가지와 갈대를 모아서 불을 지피고 젖은 내 옷을 말리면서 넓적한 돌멩이 위에다가 배를 딴 송사리를 구웠다.

▲ 제자들과 MT를 가서 ……

　그리고는 소금도 없이 그 밍밍한 송사리를 막걸리 안주로 먹으면서 중학교 시절의 나의 추억을 떠올렸다. 하늘은 맑고 달과 별들이 수없이 널려진 뱀사골에서 또 하나의 아름다운 추억을 만들었다.

46 18정신

20 08년 '아이 앰 남쌤'의 제작발표회 때의 일이다. 기자들이 각 제자 출연자들에게 나하고 있었던 고교시절의 에피소드를 얘기해 달라고 하였다.

조승우가 대뜸,

"전 남선생님께 18놈의 정신을 배웠습니다."

모두들 깜짝 놀랐다.

"제가 고등학교 1학년 때 '방황하는 별들' 이라는 뮤지컬을 했는데, 연습기간 내내 제대로 하지 못하자 선생님께서 저에게 "너 욕할 줄 알아? 18놈 해봐."

"저 욕 못하는데요."

"이놈의 시키, 빨리 해."

"결국 한참을 버티다가 욕을 했습니다. 그런데 지금까지 배우 생활을 하면서 힘들 때나 연기가 제대로 되지 않을 때는 마음속으로 욕을 하면서, 조승우 너는 할 수 있다 라는 마음을 다지고 어려움을 이길 수 있는 계기가 되었습니다. "

나는 학생들이 힘든 단계에 접어들면 '18놈의 정신 '을 얘기해 준다.

어느 고등학교에 '필구' 라는 학생이 있었는데, 그 학교의 짱이다. 키는 175센티 미터에 몸무게는 65킬로그램 정도로 아담한 체격으로 공부도 전교 10위권에 들고, 싸움은 학교에서 제일 잘했다. 그러나 힘 자랑을 절대로 학교 친구들에게 하지 않고, 자기 학교 친구들이 불량 배들이나 다른 학교 아이들에게 맞고 오면 끝까지 복수를 해주는 의리가 있어서 친구들에게 인기가 최고였다.

필구에게는 경수라는 제일 친한 친구가 있는데, 키는 190센티미터에 몸무게는 100키로그램에 육박하는 거구이다. 하지만 마음이 너무 여려서 깡패들에게 매일 얻어 맞고는 찔찔 짜고 다니는 친구였다.

필구는 경수의 그런 점이 항상 마음에 들지 않았다. 어느 날도 경수는 깡패한테 얻어맞아 눈두덩이 부어서 왔다. 필구는 속이 상해 학교 뒷산으로 경수를 끌고 가서는 남자 구실도 못하고 덩칫값도 못한다고 경수를 때렸다. 경수는 깡패한테 얻어 맞은 것도 분통이 터지는데, 제일 친한 친구한테까지 맞는 것이 너무 야속했다.

▲ '아이 앰 남쌤' 제작발표회

"너마저도 이러면 어떡하냐 임마!"

경수는 자기도 모르게 필구에게 주먹을 날렸다.

"엉엉엉, 이런 18놈."

경수의 한 방에 필구는 하늘로 솟구치듯 날아가 구석에 고꾸라졌다. 그리고 기절해버렸다.

"필구야 미안해, 내가 널 때리다니!"

필구가 벌떡 일어났다.

"경수 네가 날 때려?, 그리고 날 한 방에 기절시켜? 근데 너 날 때릴 때 뭐라고 했는 줄 알아?. 이런 18놈이라고 했지? 내가 너의 18놈 한 방에 날아간 거야 임마."

필구는 쩔쩔매고 있는 경수에게 말했다.

"경수 너, 이리 따라와."

필구는 경수를 데리고 권투부에 갔다.

"권투부 주장 나와서 경수랑 스파링 좀 한 번 해라."

"야. 내가 어떻게 권투를 하나? 그것도 주장이랑"

"하라면 해 임마, '이런 18놈' 몰라?"

경수는 권투부 주장에게 계속 얻어 맞다가 자기도 모르게 '이런 18놈' 을 외치면서 주장에게 주먹을 날렸다. 한 방에 권투부 주장은 나가 떨어졌다.

이번에 유도부 주장과 시합을 했다. '이런 18놈' 한 마디에 유도부 주장도 하늘로 치솟았다. 학교에서 내노라 하는 모든 아이들을 경수의 '이런 18놈' 한마디가 다 뉘어 버렸다.

나도 힘들 때나 무대에서 연기가 내 마음대로 되지 않거나 부담이 되는 강의 시간 전에는 마음속으로 항상 되뇌인다.

"남경읍 18놈! 넌 뭐든지 할 수 있는 놈이야."

47 마네킹

20 03년에 탭댄스 뮤지컬을 하자는 제안을 받았다. 신생극단이었고, 창작 뮤지컬이었다. 다른 극단에서도 네 작품 정도 출연 제의를 받고 있던 터였다.

다른 작품들은 인지도도 높았고, 안정된 극단들이었기 때문에 나는 갈등이 많았다. 그런데 마네킹의 안무가가 일본 사람이었고, 유명한 탭퍼라는 얘기를 듣고 바로 결정을 내렸다.

"이번 기회가 아니면 탭을 제대로 배울 수 있는 기회가 내 평생 없을지도 몰라."

나는 어릴 때부터 탭댄스를 정말 배우고 싶었는데, 정식으로 배울 기회가 한 번도 없었다. 가무단 시절에 거의 독학으로 배웠고, 슈즈도 구할 수가 없어서 운동화나 구두에 코카콜라 두껑을 망치로 퍼서 본드로 밑창에 붙여서 또각거리는 정도였다. 그래서 출연료나 극단, 작품의 인지도 등은 생각지 않고 무조건 하기로 했다.

다른 배우들은 탭댄스를 잘하는 사람들 위주로 선정되었다.

▲ '마네킹' 중에서

연습기간 6개월!

나의 배역은 백화점 경비 '홍수위'라는 역이었다.

대본 마지막에 '마네킹 보다 탭댄스를 잘 하는 홍수위'라는 지문이 있는데, 그 지문이 나를 잡고 말았다. 마네킹 배역을 맡은 배우들은 그 당시 한국에서 탭을 잘한다는 사람들이어서 나와는 비교가 되지 않았다.

그 때부터 고난이 시작되었는데, 하루 17시간씩 탭 댄스 연습을 했다. 탭 댄스는 최소한 걷기 아니면 뛰면서 춤을 춰야 한다.

하루 하루 몸무게가 빠지는 것이 느껴졌고, 집에 들어가면 현관부터 화장실까지 기어들어가면서 누운 채로 옷을 벗었다. 보름이 지나니까 5킬로그램이나 몸무게가 줄었다. 힘은 들었지만 몸무게도 빠지고, 춤 실력도 느는 것 같아서 재미있었다.

그런데 5킬로가 빠진 이후부터 날마다 5백 그램 정도 계속 몸무게가 빠지니까 서서히 겁이 나기 시작했다.

'혹시 내가 병이 있어서 이렇게 홀쭉해지는 건 아닌가?

오랜만에 만나는 제자들이 내 얼굴을 보고는 눈물을 글썽이며 말했다,

"선생님, 어디 편찮으세요? 병원에 가보세요."

결국 10킬로그램이 빠졌다.

공연 전에 극장에서 리허설을 하는 데, 일본인 안무가가 모두를 모아놓고 말했다. "남센세이 탭소리가 가장 정확하므니다. 사랑해요 남센세이!"

내 얼굴이 찍힌 티셔츠가 있어서 그 옷을 선물로 주자 그는 기념으로 영원히 간직하겠다고 했다.

여느 작품들과 마찬가지로 연습실에는 특별한 일이 없으면 내가 항상 먼저 나오고 제일 나중에 퇴실한다.

유린타운을 연습하고 있을 때, 후배들이 연습장에 올 때나 끝나고 연습장을 나갈 때 모두 내 눈치를 보는 것 같았다. 항상 내가 먼저 와 있고 제일 나중에 나가기 때문이었다.

"아! 내가 피곤하게 눈치를 주는 선배인가? 내가 다른 후배들보다 늦게 나오고 연습 후에 빨리 가야 하는 건가?"

여주인공인 황현정에게 말했다.

"선생님, 그게 이때까지의 선생님의 트레이드 마크인데 끝까지 지키셔야지요."

나는 배우 생활 30년을 통해 배운 것은 하나 밖에 없다. '배우가 힘든 만큼 관객이 즐겁고, 배우가 흘린 땀방울의 숫자만큼 관객은 감동의 눈물을 흘린다.' 는 것을……

03

뮤지컬 배우 30년

48 아이 엠 남쌤

나는 1976년에 동랑레퍼토리 극단에서 공연했던 셰익스피어의 '햄릿'을 윤색한 '하멀태자'에서 오디션을 통해 광대 역으로 연극에 데뷔했다. 서울예대 1학년 시절이었다.

그후 1978년에 서울시립가무단에서 '위대한 전진'이라는 작품으로 뮤지컬에 데뷔를 했고, 그로부터 30년이 흘렀다.

2008년에 주위의 지인들로부터 '30주년 기념 공연'을 하자는 제안을 받았다. 나라는 존재가 기념공연을 할 만한 위치가 아닌 것 같아 선뜻 내키지 않았다.

"선생님, 가수나 연극배우가 30년 외길을 걸어 온 사람은 많지만, 뮤지컬 배우로서는 거의 없고, 동시에 학생들을 25년 간 가르쳐 온 사람은 없으니까 의미가 큰 공연입니다. 꼭 하셔야 합니다."

뮤지컬이 활성화 되지 않은 때에 계원예고에서 뮤지컬 수업을 했기 때문에 그 영향으로 많은 스타 제자들이 뮤지컬계에서 활동을 하고 있었다. 그 제자들과 있었던 에피소드를 엮어서 갈라쇼를 하자는 것

▲ ??

이었다.

　제자들에게 의향을 물어보고 공연을 하기로 결정을 했다.

　모든 출연자들을 제자들로 하기로 했고, 연출도 제자 김달중이 맡기로 했다. 물론 후배 배우들의 우정 출연도 있었다. 하지만 며칠 후에 '조용필 40주년 기념공연', '패티김 50주년 기념공연'을 한다는 기사가 연달아 나왔다.

　"선생님. 뮤지컬 배우 30주년은 의미가 있습니다."

　그렇게 제자들의 성화에 등 떠밀려 공연을 하기로 결심했다. 제목은 '아이엠 남쌤'이라고 지었다. 25년 동안 선생을 하다보니 모든 사람이 나를 남쌤이라 불렀고 그것이 나의 애칭이 되었기 때문이다.

　"어떤 레퍼토리로 할까?"

　그동안 내가 공연했던 작품의 하이라이트를 모으고, 학교에서 제자들과 워크숍 공연을 했을 때의 하이라이트 장면, 또는 의미가 있는 장면들로 레퍼토리를 선정했다. 그리고 후배 배우들과의 장면도 선정했다.

오프닝은 내가 광대가 되었다, 배우는 광대이니까.

큰 사진 액자에 거미줄을 엮어 놓고 그 거미줄로 일렉트릭 기타를 연주하거나 베이스 기타를 연주하기도 하고, 관악기 연주를 하는 마임으로 시작을 했다. 내 인생의 걸림돌이 되는 거미줄을 하나씩 헤쳐 나간다는 의미였다.

전체 레퍼토리는 21곡이었다. 그 때 출연했던 배우는 제자들로서는 고은선, 김성수, 김소연, 김종국, 박건형, 박사라, 박학주, 박현정, 배은경, 소유진, 송희영, 신의정, 오나라, 오의식, 유성현, 윤나리, 윤은채, 윤정열, 이윤, 이재정, 이하나, 전성우, 정동진, 정지혜, 정현철, 조승우, 최재웅, 표영경, 홍광호와 송원대 등 뮤지컬 전공학생들이었고, 우정출연으로 참여한 후배 배우들은 김도신, 김선영, 김학준, 서범석, 황현정이었으며, 나의 정신적인 지주인 배규빈 선배님을 모셨다.

동생 경주와 황정민은 지방 공연 때문에 직접 출연하지 못해 영상으로 축하 메시지를 보내 주었다.

총 제작은 후배 세준이가 맡았다. 조명은 경주 대학동기인 우형이가, 음향은 그때까지 노총각이었던 기영이가, 합창지도는 태성이 형, 음악감독은 정리 선생, 안무는 옥순이, 무대는 진홍이, 의상에는 문수쌤, 분장 쑤키. 조연출에 현주, 그리고 민우 용한이 형은이 은지 문경이 경근이 정민이 등 많은 후배들과 제자들이 진심 어린 마음으로 작품에 참여하여 주었다.

레퍼토리 중에 조승우와 함께 했던 '나는야 돈키호테' 라는 곡이 있었다.

계원예고 강사 시절에, 계원 16기 학생들과 뮤지컬 '돈키호테'를 나의 지도로 공연했었는데 최재웅이 돈키호테 역을 했고, 조승우는 산

초라는 배역을 맡았다.

　나중에 안 얘기지만 배역 발표 후 돈키호테 역을 하고 싶었던 승우가 화장실에서 많이 울었다는 얘기를 들었다. 그래서 이번 공연에서는, "그때 한을 풀어줄게, 승우 네가 돈키호테를 하고 내가 산초를 할게." 하고 말했다.

　장면 내내 돈키호테인 승우는 산쵸인 나에게 반말을 했다. 장면이 끝난 뒤 퇴장하면서,

　"선생님 죄송합니다."

　나는 대답했다.

　"이럴 때 반말 해 보는 거야."

　관객들이 아주 즐거워했다.

　돈키호테 작품 중에 '임파서블 드림' 이라는 주제곡도 레퍼토리로 선정했는데, 1절은 그야말로 1세대 돈키호테 역을 맡으신 배규빈 형님이, 2절은 1.5세대에 속하는 내가, 3절은 2세대로 불리는 승우가 그리고 후렴 부분을 삼중창을 불렀다.

　공연 후기에 상당히 의미있는 레퍼토리였다는 글들이 올라왔다.

49 한 곡당 만 번의 연습

아 이엠 남쌤 레퍼토리 중에 클래식 피아노 연주와 피아노 배틀 장면을 꼭 넣고 싶었다. 하지만 피아노 전공이 아닌 나로서는 무대에서 클래식을 연주하는 것이 여간 힘든 것이 아니었다. '그 장면을 선택하지 않으면 두 달 연습이면 될 것이고, 선택을 한다면 내가 여섯 달을 고생할 텐데', 깊은 고민 끝에 해보기로 마음 먹었다.

'피아노 배틀'과 '모차르트 K545번 1악장' 정말 열심히 해보는 거야.

"한 곡당 만 번만 연습하면 되겠지? 그래도 부족하면 결과에 만족하자."

6개월간 하루 평균 17시간, 어떤 때는 20시간을 연습했다. 많이 힘들었지만 조금씩 느는 것이 느껴졌다.

피아노 연습을 하면서 천장을 바라보며 중얼거리는 버릇이 생겼다.

"내가 지금 이 나이에 잘 하는 짓인가?"

"이 시간에 딸아이 등록금이라도 더 벌어야 하는 것 아닌가?"

"신이시여, 내가 할 수 있을까요? 내가 노력한 만큼만 결과가 나올 수 있도록 도와주소서!"

연습 기간 동안의 모든 시름과 회한을 피아노 건반 위에 실었다. 건반에 나의 무게가 실리는 것을 조금씩 느꼈다.

서서히 목표한 만 번에 다가갔다, 내가 듣기에도 조금씩 좋아지는 것 같았다.

공연 3일 전에 방송국에서 취재를 나왔다. 손목을 제대로 풀지 않고 갑자기 연주를 한 탓에 오른손 손목의 인대를 다쳤다. 손목이 움직여지지가 않았다.

"신이여 너무하십니다. 6주도 아닌 6개월을 연습했는데……."

너무 야속했다. 찜질도 하고 약도 먹고 무척 신경을 썼다. 다음 날 아침에 일어나자마자 손목부터 확인했다. 그런데 신기하게도 아무렇지도 않았다.

"이럴 수가 있을까?"

손목을 이리 돌리고 저리 돌려봐도 거짓말 같이 멀쩡했다. 손목에 모기에 물린 자국만 있었다.

"어! 이런 게 기적인가 보다! 모기가 손목에 있는 핏줄을 물어서 나쁜 피를 다 빨아 먹었나?"

'꿈보다 해몽' 이라던가, 나는 그렇게 작은 기적이 내게 일어났다고 생각했다.

피아노 연주 결과는 관객이 평가해 주었을 것이다. 그 장면을 보고 오랫동안 피아노 연습을 쉬고 있던 지인들이 다시 피아노 연습을 시작했다는 얘기도 들었다.

[Art] 뮤지컬 '남경읍 사단의 힘'

조승우 · 박건형 · 조정은 등 제자 2000여 명
배우 데뷔 30년 기념 제자들이 갈라 공연 마련
강단생활 25년 "공연처럼 강의"
동생이 남경주, 딸도 연기자 꿈

배우 남경읍(50), 뮤지컬 매니아라면 익히 알겠지만, 일반 사람들에
겐 사실 그리 낯익은 이름이 아니다. 뮤지컬 배우 남경주(44)의 친형
이라고 하면 그나마 고개가 끄덕여질까.

이런 남경읍 씨가 올해로 데뷔 30년을 맞는다. 이를 기념해 조촐한
갈라 공연을 연다. 성남아트센터에서 28일과 29일 이틀간 '아이 엠 남
쌤' 이란 이름을 걸고다. 근데 출연진의 면면이 보통이 아니다. 뮤지컬
최고 스타 조승우를 비롯해, 박건형 · 김선영 · 서범석 · 최재웅 · 양꽃
님 · 소유진 · 홍광호 등이 몽땅 나오며, 남경주 · 최정원도 우정 출연
한다. 이 정도면 대형 뮤지컬 한 작품을 만들고도 남을 호화 캐스팅이
다. 누구 하나 강제로 하는 것이 아닌 자발적 참여이며, 노개런티다.
남경읍이란 배우가 과연 어떠하기에 뮤지컬 스타들이 이렇게 한자리
에 모인 걸까.

악동에서 스승으로

올해로 배우 생활 30년째지만, 남씨는 강단에 선 것도 25년째다. 서
울시립가무단에서 활동하던 20대 중반의 젊은 나이 때부터 교편을 잡
았다. 이후 25년간 그는 계원예고, 남뮤지컬 아카데미, 동서대, 송원대
등에서 자신의 무대 경험을 100% 살린 살아 있는 수업으로 학생들을
가르치고 스타로 성장시켰다.

제 2회 더 뮤지컬 어워즈에서 남우주연상을 차지한 조승우 씨도, 수상 소감 마지막에 "현재의 나를 있게 만들어주신 남경읍 선생님께 이상을 바친다"고 말할 정도로 후배 배우들에게 남씨가 차지하는 비중은 적지 않다.

지금껏 배출한 제자만도 무려 2000여 명. 남씨는 "예전에 공연 볼땐 제자가 한두 명 있으면 흐뭇했는데, 요즘은 몇 명이나 있는지 세곤한다"고 말한다. 이번 기념 공연도 사실 제자들이 앞장서 마련한 자리다. 남씨는 "후배들이 저를 따르는지는 솔직히 모르겠고…. 단 크게 간섭을 안 하니깐 '꼰대' 취급 안 하고 같이 어울려주는 것 아닐까요"라며 껄껄 웃는다.

지금은 후배 배우들의 정신적 지주지만, 그도 학창시절엔 꽤나 말썽꾸러기였다. 태어난 곳은 경북 문경 탄광촌. 집안은 유복했고 그는 5남매 중 맏이였다. 그러나 행동은 천방지축이었다. 중학교 땐 마음에 안 드는 선생님을 골탕 먹이기 위해 그 교사가 숙직하는 사이 학교 유리창 300여 장을 고무총으로 산산조각내기도 했다. 시험지 유출 사건도 있었다. 학교 사환을 몰래 꾀어 기말고사 문제지를 몽땅 빼낸 후 시험을 본 것까진 일사천리였다.

그러나 성적이 갑작스레 오른 것을 의심한 선생님들의 추적 끝에 뒤늦게 발각됐다. 덜컥 겁이 난 그는 어머니 곗돈을 몰래 빼내 오토바이를 타고 무단 가출을 감행했지만, 그만 교통사고를 내고 말았다.

"피해자와 합의를 본 뒤 호랑이 같은 아버지가 제 앞에서 펑펑 우시는 거예요. 제 인생의 터닝 포인트였죠. 사고치는 것의 땅을 짚었다고 표현해야 할까요."

남씨는 이런 말도 덧붙였다.

"핑계 같지만 돌이켜 보면 악동같이 보낸 어린 시절이 있었기에 제가 배우로서 이만큼 성장할 수 있지 않았을까 싶어요. 배우란 무릇 일탈이 무엇인 줄 알아야 하니까요."

이런 그의 철학과 성장 과정은 강의에서도 가끔씩 돌출된다. 무언가 자신만의 방식을 고집하는 배우를 보면 그는 '욕을 하라'고 주문하곤 한다. 틀을 깨기 위한 처방인 셈이다. 남씨의 딸(남유라)도 현재 계원예고에 다니며 연기자를 꿈꾸고 있다. 그는 너무나 모범적이고 착실한 딸이 오히려 걱정이다.

"나는 '또라이' 기질을 키우라고 자주 말해요. 이게 '아버지가 할 말인가' 싶기도 하지만, 배우 선배로선 어쩔 수 없이 지적해야죠."

평생을 도전하고 싶다

그의 수업 방식은 독특하다. 따분한 강의라기보다는 한 편의 공연처럼 다이내믹하다. 노래하고 연기하는 것은 기본이고, 뒹굴기까지 한다. 마치 모노드라마처럼 특정한 상황을 설정한 뒤 각각의 인물을 다른 창법으로 불러보기도 한다. 주입식 설명을 배제한 채 적절한 스토리에 이론을 녹이는 것도 색다르다. 당연히 학생들의 집중력이 높을 수밖에 없을 터.

그러나 늘 '넉넉한 맏형' 만은 아니다. 그는 강의실과 사무실에 꼭 회초리를 둔다. 조금이라도 배우로서의 자질을 잊거나 나태하다 싶으면 그는 가차없이 매를 댄다. 매를 들 때 '혹시나 감정이 개입했는지'와 '사심 없이 제자가 받아들일 수 있는지' 두 가지를 꼭 체크한단다.

"예, 공자님 같은 말씀이지만 가장 확실한 교육법은 '제 모습' 이죠. 전 지금도 길면 하루에 17시간 이상을 연습합니다. '연기 가장 잘하는 배우'는 자신 없지만, '가장 노력하는 배우'가 누구인지 묻는다면 전 '남경읍' 이라고 당당히 대답할 수 있어요."

이는 결코 과장이 아닌 듯싶다. 그는 이번 갈라 공연에서 피아노곡 2곡을 연주한다. 모차르트의 곡 등 정통 클래식 음악이다. 피아노를 전공하지 않은 그로서는 쉽지 않은 선택이었지만, 그는 '만 번 연습하면 되지 않을까' 라는 순진한 생각에 도전하게 됐다. 현재 9000번 넘게 연습했다고.

"배우란 가슴에 무언가가 활활 타올라야 합니다. 그게 꺼질 때 저 역시 무대에서 내려와야죠."

짧은 역사 탓에 '어른' 이 많지 않은 한국 뮤지컬계. 남경읍이란 배우가 그 역할을 해주길 후배들도 팬들도 모두 바라고 있지 않을까.

남경읍은 …

1958년생인 남경읍 씨는 1세대 뮤지컬 배우로 분류된다. 서울예대를 졸업한 뒤 서울시립가무단(현 서울시뮤지컬단) 1기로 뮤지컬계에 첫발을 디딘 그는 78년 세종문화회관 개관 기념공연 '위대한 전진' 으로 데뷔했으며, 80년 '판타스틱스' 의 첫 주연을 맡았다. 특히 뮤지컬이 평가절하 되던 90년대 초반 '뮤지컬 번데기' 란 작품으로 대한민국 연극제 대상과 남우주연상을 타기도 했다. 대중적으로 이름을 알린 건 1995년 '사랑은 비를 타고' . 동생 남경주 씨와 함께 출연해 큰 화제를 모았다.

남경읍 사단

▶ 계원예고 제자 : 황정민, 조승우, 김다현, 조정은, 양꽃님, 최재웅, 이율, 소유진, 홍광호

▶ 뮤지컬 아카데미 제자 : 오만석, 박건형, 강필석 등이다

50 학생들을 가르친다는 것

27년간 학생을 가르쳤다. 힘들다. 안식년도 없이 하다 보니 머리가 텅 빈 것 같고 열정도 예만 못하고 기계적이 된 것이 아닐까?

교학상장, 반면교사!

선생 초년병이었을 때는 '선생' 이라는 말이 나의 모든 행동을 옭아맸다. 행동도 조심해야 하고, 공연 때 학생들이 단체관람이라도 오게 되면, "선생이 학생 앞에서 잘 해야지."

나를 긴장하게 만들었다.

어떤 때는 수업 중에 누군가가 나의 머리를 톱으로 설경설경 잘라서 그야말로 '뚜껑' 이 '뻥' 하고 열리는 기분이 들 때가 한 두 번이 아니었다. '선생 변은 똥개도 쳐다보지 않는다.' 고 했던가? 그만큼 스트레스를 많이 받아서 속이 검게 탄다는 얘기일 것이다.

"도대체 저 아이는 무엇 때문에 저렇게 안 되는 것일까? 전공을 바꾸라고 해야 하나?"

"저 아이의 마음의 문을 열게 해서 저 깊숙한 곳에 있는 숨겨져 있는 재능을 끄집어 내게 할 방법은 무엇일까?"

그러나 스트레스만 받는다면 이 세상에 선생님이란 직업은 존재하지 않을 것이다.

"저 아이는 어린 나이에 어떻게 저렇게 잘 할 수 있을까?"

"아니 저놈이, 언제 저렇게 성장했나? 도저히 될 것 같지가 않더니."

그러한 아이들을 보고 눈물도 흘리고, 자극을 받을 수도 있었다.

이제는 선생님이란 직업이 나에게 있어서 교학상장과 반면교사로서 나를 더 키워나갈 수 있는 큰 장점으로 자리매김하고 있는 것 같다.

내가 생각할 때 좋은 선생이란 권위를 버리고 학생들의 숨겨진 재능을 발견해서 그 아이의 장점으로 만들어 주는 선생, 좋은 연출이란 배우들이 무대에서 마음껏 놀 수 있게 해주는 사람이라고 생각한다.

51 심사위원의 고충

모 신문사에서 주최하는 뮤지컬 시상식에 심사위원으로 위촉된 적이 있었다. 1년에 보아야 하는 작품이 40편에서 60편 정도였으므로, 일주일에 한 번 정도 관람을 해야 한다. 이만 저만 부담이 되는 것이 아니다.

학생들에게 뮤지컬과 연기를 가르친 지가 25년, 그러다 보니 이 계통에서 현역으로 활동하는 제자들이 많이 생겼다. 심사를 하러 가면 꼭 한 두 명의 제자가 끼어 있었고, 많을 때는 한 작품에 6명 정도가 출연하는 작품도 있다.

심사위원이라고 작품만 덜렁 보고 가기도 미안하다. 그래서 공연이 끝나면 분장실에 가서 제자들을 만나고 수고한다고 고기라도 한 점 먹여야 했다. 덩달아 소주도 마셔야 하고, 그런데 이 아이들이 눈치도 없이 꼭 다른 배우들도 데리고 온다. 한 자리에서 10만 원은 족히 나온다. 일년 치 작품을 다 보고 그 아이들에게 다 고기를 먹인다면, 아뿔싸!

그래서 어느 순간부터는 분장실에 들르지 않고 공연만 보고 가게 되었다. 물론 모든 공연이 다 그렇다는 것은 아니다.

2008년 호암아트홀에 '내 마음의 풍금' 이라는 뮤지컬을 보러 갔다. 초등학교 출연자를 제외한 성인 출연자가 열댓 명 정도였는데, 제자가 4명이나 출연했다. 그 중에 3명이 주인공이었다.

나는 무척 흥분했다. 어떤 장면에서는 세 명의 제자가 동시에 한 장면을 너무 멋지게 소화했다. 나는 그때부터 눈물이 나기 시작했다. 학생들을 가르치는 것이 너무나 힘들다고 생각하던 시기였다.

"그래, 내가 아무리 힘들어도 이런 것 때문에 계속해야 돼."

커튼 콜 때 나는 힘차게 자리를 박차고 일어나서 정신없이 기립 박수를 쳤다. 잠시 후에 객석을 둘러보니 호암아트홀에서 나 혼자만 기립박수를 치고 있었다. 모든 관객이 나를 쳐다 보았지만, 나는 개의치 않고 끝까지 기립하고 있었다.

52 기억에 남는 제자들

선생을 27년 했으니 제자도 참 많다. 그 중에 기억에 남는 학생도 참 많은데, 이름을 알 만한 학생을 열거하는 것이 나을 것 같다.

오만석은 고등학교 3학년 때 나에게 연기수업을 받았다. 고등학교 3학년답지 않게 연기도 잘 했고 공부도 잘했다.

"넌 시커먼게 꼭 부시맨 닮았다."

"선생님은 원숭이 닮았어요."

아마도 여느 다른 학생이었다면 대꾸도 못하고 그냥 넘어갔겠지만, 만석이는 당돌하게도 자기가 하고 싶은 말을 했다.

그것이 자기를 표현하는 직업인 연기를 잘 하게 된 모태가 아닐까?

박건형은 고등학교 3학년 때도 멋졌다. 키도 크고 잘 생기고, 남자인 내가 봐도 매력이 철철 넘쳤다. 대학시절에는 머리를 길게 길러서 스티븐 시갈처럼 꽁지머리를 하고 다녔다.

"자식, 멋있네!"

2009년에 뮤지컬 '햄릿'에서 건형이가 햄릿 역을 맡았고, 나는 햄릿의 칼에 맞아 죽는 오필리어 아버지 '폴로니우스'를 연기했다.

가끔 술자리에 가서 거나해지면 내 옆에 슬쩍 와서는,

"선생님, 형님이라고 부르면 안돼요?"

"자신 있으면 불러 봐. 그런데 왜 형님이라고 부르고 싶냐?"

"선생님은 차림새도 그렇고, 생각하시는 것이 선생님 같지가 않아 요."

우리 둘은 서로 주먹을 불끈 쥐고서 주먹 박치기를 한다.

조승우는 1학년 때부터 3학년까지 수업을 했다. 1학년 때는 '방황하는 별들' 2학년 때 '돈키호테'와 '뮤지컬 갈라쇼' 3학년 때도 '돈키호테'를 했다.

2학년 때 갈라쇼를 할 때의 일이다. 레퍼토리를 선정하는 데 내가 생각할 때는 '아가씨와 건달들' 중에서 주인공 '나산'이 부르는 가볍고 코믹한 '쑤미'라는 노래가 잘 어울릴 거라고 생각하고 승우에게 그 노래를 주었다. 그랬더니 승우는 나에게 날마다 '레미제라블'의 '스타'를 부르면 안 되겠냐고 졸랐다.

"임마. 시키는 대로 해. 넌 '쑤미'나 해, 주제를 알아야지."

"선생님 연습만이라도 하게 해주세요."

"안돼!"

몇 주간을 졸라서 연습만 하게 허락을 했더니 한 달 쯤 지난 뒤에 또 부탁하는 것이었다.

"선생님, 그동안 연습한 거 한 번 불러 봐도 돼요?"

대수롭지 않게 불러 보라고 했다.

승우의 노래는 정말로 놀라웠다. 그날 이후로 조승우의 레퍼토리가 '스타'로 바뀌었음은 물론이다.

공연 날 내 옆에 있던 김달중 선생이 말했다.

"선생님, 나중에 승우랑 더블 캐스팅 해도 괜찮겠는데요."

"그런 것 같네."

승우는 그런 애였다.

영화 식객의 이하나는 단국대 제자이다. 뮤지컬 전공 수업을 했는데, 이하나는 유일하게 보컬 전공 학생이었다.

첫 시간에 모든 학생이 자기 소개를 하는데, 이하나는 자기 소개조차 잘 하지 못하는 소심한 학생이었다.

계속 자신감을 키워 주는 쪽으로 많은 시간을 할애했다. 결국 마지막 시간에 다른 학생들의 박수를 받으면서 연기를 훌륭하게 해냈다. 그런 이하나가 토크쇼를 진행하는 것을 보고 많이 놀랐다.

강필석이 뮤지컬 배우가 될 줄은 꿈에도 생각지 못했다. 고등학교 3학년 때 수업을 했는데, 그냥 얌전하게 자기 할 일만 열심히 하는 아이였다.

대학 실기시험 내용으로 스님 역을 했는데, 어느 날 삭발을 하고 스님 의상까지 입고 왔다.

"상당히 열의가 있는 아이로구나. 고놈, 참 기특하네!"

필석이가 배우 생활한 지가 10년 넘은 것 같은데, 아직 한 번도 공연을 보지 못했다. 얼마 전에 예술의 전당에서 만났는데 진심으로 미안하다고 말했다.

"다음 공연 때는 꼭 볼게."

연극 '레인맨' 에서 나의 동생 역인 찰리로 같이 공연을 하기로 되었다.

황정민은 고등학교 1학년 수업 때 만났다. 내가 붙여 준 별명이 '필리피노' 였다. 수업 시간에는 크게 눈에 띄는 학생은 아니었다.

호암 아트홀에서 '캣츠' 를 관람했는데 깜짝 놀랐다.

"우리나라 뮤지컬 배우의 수준이 이렇게도 놀랍게 발전했구나!"

나는 연신 감탄하면서 공연을 관람했다. 그 중에 '럼텀터거' 역을 맡은 배우가 눈에 띄었다. 프로그램을 보니 황정민이었다.

"어? 이 황정민이가 그 황정민인가, 맞네."

공연이 끝나고 난 뒤에 내 딸이 황정민 아저씨 사인 받아야 한다고 졸라대서 분장실로 찾아갔다. 그리고 사인을 부탁했다.

제자한테 처음 받은 사인이었다.

임철형은 학교 화장실에서 처음 만났다. 고등학생이 그것도 학교 화장실에서 담배를 피우다가 나한테 적발된 것이다.

"너, 무슨 과야?"

"네, 연영과 입니다.〝

"따라 와."

그 인연으로 나의 작품을 보게 되었다.

철형이가 서울예대에 합격한 날, 나는 나의 강사료를 다 털어서 소주도 사주고 같이 노래방까지 갔다.

몇 년 후에 '페퍼민트' 뒷풀이에서 다시 만났다.

"선생님, 혹시 나중에 선생님께서 대소변을 가릴 수 없는 처지가 되신다면 제가 항상 선생님 옆에 있겠습니다."

"임마! 내가 너한테 특별히 잘 해 준 것도 없는데, 무슨 대소변이야?"

"제가 고등학교 때 한참 방황하고 있을 때, 선생님께서 저에게 뮤지컬을 해보라고 하셨고, 너는 좋은 배우가 될 수 있다고 칭찬해 주신 것이 제가 지금의 이 자리에 있게 된 가장 큰 힘이었습니다.〝

철형이 주례도 내가 섰다.

소유진은 고등학교 2학년 때 만났다. 깜찍하고, 성격도 좋고 실기도 잘했다.

2학기 워크숍 발표로 뮤지컬 갈라쇼를 했는데, 유진이는 '캣츠'의 '멍고제리와 럼플티저'라는 곡을 이중창으로, 그리고 '코러스 라인'의 'Nothing'이라는 곡을 원어로 했는데, 원어 발음이 매우 좋았고 춤도 아주 잘 추었다.

나의 30주년 기념 공연에서 나와 같이 '사랑은 비를 타고' 중에서 '생일파티'라는 곡을 불렀다. 아주 육감적인 포즈로 나를 꼬시는 장면이 재미있었다.

양꽃님은 재수시절에 만났다. 계원예고 음악과를 졸업하고, 재수시절에 연극과에 진학하겠다고 했다. 꽃님이는 노래를 아주 잘했다. 결국 수석으로 나의 대학 후배가 되었다.

꽃님이의 공연을 자주 보지는 못했지만, 요 근래의 작품들을 보면서 '어찌 저리 연기까지 잘할까'라는 생각을 많이 한다.

오나라는 '사랑은 비를 타고'의 심부름꾼이다. 하루는 '사랑은 비를 타고' 공연장에 어떤 여자아이가 불쑥 나타났다. 계원예고 무용과 출신이란다. 그러면서 커피 심부름 등 잔심부름을 도맡아 했다.

그로부터 몇 년이 지나서 '사랑은 비를 타고'에서 같이 공연했다. 너무나 상큼했다.

홍광호는 나의 제자지만 잘 알지 못했다. 계원예고 출신인데 광호네 기수는 일주일에 한 번하는 합창시간이었고, 40명을 대상으로 합창만 했기 때문에 광호의 실력을 잘 알 길이 없었다.

그냥 그런 아이가 있었다는 것만 알 뿐이었다. 다른 선생으로부터 들은 얘기는,

"고등학교 2학년까지 공부를 안했는데, 고등학교 3학년 때 마음 잡고 공부해서 계원 기수 중에 수능이 최고 점수"라는 것, 그리고 중앙

대를 좋은 성적으로 합격했다는 정도였다.

그런데 군대 입대하기 전에도, 휴가를 나와서도, 전역을 해서도 계속 안부 전화를 해왔다. 그래서 확실히 알게 되었고 그 이후에 광호 공연을 몇 번 보았는데, 왜 수많은 팬들이 광호를 좋아하는지 그 이유를 알게 되었다.

최재웅은 꼭 나를 보는 것 같다고 하면 재웅이가 기분 나빠할까?

고등학교 2,3학년 때 'Man of La mancha'에서 돈키호테 역을 맡았다. 그런데 그 애는 정말 천연덕스럽게 잘 했다. 학교에서도 모범생이었는데, 무대에서도 역시 그렇다. 이제는 영화에서도 두각을 나타내기 시작했는데, 정말 잘 할 것이라고 믿는다.

재주꾼 심정환은 고등학교 시절에는 그다지 눈에 띄는 학생은 아니었다. 대학을 졸업하고부터 부단히 자기를 갈고 닦았기 때문에, 서서히 빛을 발휘하기 시작한 대기만성형이다.

정환이는 무언가를 시키면 꼭 해내고 말았다.

"이 장면에서는 공중돌기가 필요한데……."

다음 주면 어김없이 공중돌기를 하고 있었다.

자기 공연을 자주 보러 오지 않는다고 요즘 나에게 좀 삐쳐 있는 것 같다.

'김종욱 찾기'의 연출자 김달중은 말썽꾼이었다. 대구에서 전학왔는데, 꽤나 말썽을 피워서 기억에 남는다.

그러나 사람의 앞날은 알 수가 없다. 대학을 졸업한 후 다시 계원예고에 선생으로 왔는데, 나에게 코가 꿰었다.

계원에서 뮤지컬 공연을 하면 항상 나와 한 조가 되어 모든 일을 능수능란하게 처리했다. 내가 일을 너무 시켜서 그런지 요즘은 나에게 전화하기가 무서운가 보다.

이정미가 그렇게 발전할 줄이야! '맘마미아'의 소피역으로 스타가 된 이정미는 계원예고 제자이다.

정미는 고등학교 3학년 졸업 때까지도 별로 눈에 띄지 않는 학생이었다. 정미가 고등학교 2학년 때 '우리들의 일그러진 영웅'에 출연하였는데, 나는 지도 교사가 아닌 관객으로 공연을 보게 되었다.

정미는 그 당시 문제아라고 낙인 찍혀 있었다. 그래서인지 배역도 맡지 못하고 무대 구석에서 장면 전환에 필요한 효과음으로 북을 치는 역을 맡았다. 객석에서는 거의 보이지 않는 역할이었다.

하지만 공연 내내 정미는 나의 시선을 끌었다. 남들이 생각하기에는 하찮은 역할이라고 여겼겠지만, 정미는 혼신의 힘을 다하고 자기의 혼을 불어넣듯이 열심히 북을 치고 있었다. 나는 정미에게 감동받았다.

정미는 아직도 프로 무대에서 열심히 공연하고 있다. '내 마음의 풍금'에서도 많은 감동을 주었다.

뮤지컬 배우 이창용은 노래를 잘 했고, 스마트했다. 고등학교 2학년 때 만난 창용이는 지금보다는 통통한 편이었는데, 아주 열심히 했고 역시 대학 후배가 되었다. 매 시간 열심히 했고, 수업 시간 외에도 틈만 나면 연습에 몰두했다. '내 마음의 풍금'에서 주인공을 맡았는데 큰 감동을 받았다. 창용이가 그렇게 빨리 스타가 될 줄은 몰랐다.

김호영은 연기를 눈에 띄게 잘 했다.

"고등학교 3학년의 나이로 연기를 참 잘하는 구나. 다른 아이들과 차이가 많이 났는데. 그 이유가 뭘까?"

선생을 하면 교학상장이 되고, 반면교사가 된다. 호영이는 그 당시 나에게 많은 생각을 하게 했다.

호영이는 대학에 입학하자마자 프로 무대로 뛰어들어, 지금도 아주 좋은 연기를 하고 있다. 요즘은 현장에서 자주 만난다.

학생들이 날 자주 찾아오지 못하거나 전화를 자주 하지 못한다. 나는 그 이유를 알 것 같다. '성공해서 선생님 앞에 떳떳하게 나타나고 싶어요.' 하는 애들이 있을 것이고, 또 다른 이유는 '내가 싫어서거나' 일 것이다.

후자라면 나도 어쩔 수 없다. 하지만 전자의 이유라면 꼭 성공해서 나타나야만 내가 좋아하는 것은 아니다. 사람은 자주 얼굴도 보고 식사도 하면서 얘기를 많이 나눠야 정이 생긴다.

나에게 돈이 많아서 그 돈 때문에 모여드는 것도 아니고, 내가 권력이 있는 것도 아니며, 내가 인기가 많은 것도 아니다. 우리는 인간적으로 만났으므로 이미 어떤 인연의 끈이 생긴 것이다.

돈, 명예, 권력, 인기 때문에 맺어진 끈은 그것이 사라지면 끊어지지만, 인간적인 끈으로 맺어진 인연은 그 어떤 무기로도 끊을 수 없다.

이제 함께 늙어가는 마당에 자주 만나서 지난 얘기들로 웃을 수 있으면 좋겠다.

나는 기회가 된다면 나중에 서울 근교에 뮤지컬 촌을 만들어서 촌장을 하고 싶다. 일주일에 제자 한 명씩만 다녀가도 일 년 내내 정신이 없을 것 같다.

53 카리스마 넘치는 배우

모든 배우들은 무대에서 카리스마가 넘치는 존재가 되기를 원한다. 그래서 모든 관객을 휘어잡고 싶어 한다.

'카리스마(Charisma)'란 무엇일까?

'기적을 행하고 예언을 행하는 초능력' 또는 '사회의 지배자나 지도자의 절대적인 권위'이다.

카리스마가 넘치는 배우는, 무대 위에서 뿐만 아니라 일상생활에서도 후광이 비치는 듯한 신비한 힘이 있다.

그렇다면 이 카리스마는 어떻게 생기는 것일까?

'자신감'에서부터 생긴다고 생각한다. '자신감'은 '완벽한 준비'에서부터 생긴다.

배우가 연기를 할 때 다음 대사가 무엇인지를 생각하게 되면, 자신이 원하는 감정을 제대로 표현할 수 없어진다. 완벽한 대사 분석과 수많은 반복 연습을 통한 완벽한 암기 그리고 '배역의 생활화'를 통해야만, 자신이 원하는 새로운 인물을 표현할 수 있는 것이다.

배역의 생활화란, 공식적인 연습 이외에도 배우가 자신이 맡은 배역으로 사는 것이다. 외국의 한 유명배우는 '햄릿'을 공연하기로 한 날부터 자신의 아파트 실내를 햄릿 궁전으로 꾸몄다. 가구, 조명등, 모든 식기들도 그 당시의 양식으로 바꾼 뒤 대본에 나오지 않는 것들까지 햄릿처럼 생활한 것이다.

'햄릿이 식사는 어떻게 할까?', '햄릿은 어떻게 잘까?' 심지어 '햄릿은 화장실에서는……?' 등 햄릿과 같이 일상화해야, 결국 무대 위에서 자연스러운 햄릿을 자신있게 연기할 수 있는 것이다. 그리고 그 배역을 즐길 수 있게 되는 것이다.

그때 비로소 그 배우는 카리스마가 철철 넘치는 배우로 재탄생하는 것이다.

우리의 일상 생활에서도 마찬가지이다. 어떤 분야에서든 자기의 분야에 대해서 완벽한 준비가 되어 있다면 자신감이 생겨나고, 그로 인해 그 일을 즐길 수 있게 되고, 카리스마는 자연적으로 넘쳐나게 되는 것이다. 따뜻한 카리스마도 생기고, 또는 범접할 수 없는 어떤 힘을 가진 카리스마도 넘쳐나게 될 것이다.

54 내공이 쌓인 연기

'베이스' 없는 음악은 깊이가 없어 음악이 날아다닌다. 건물을 지을 때 기초(베이스)가 제대로 구축되지 않으면 쉽게 무너져 버린다. 갑자기 스타가 된 어린 배우들은 항상 붕 떠 있는 생활을 한다.

수십 년간 무명배우로 지내는 가난한 배우들은 항상 피폐한 생활을 한다. 요철 같은 파란만장하고 우여곡절의 삶을 경험하지 않은 배우는 결코 무대에서 깊이 있는 연기를 할 수 없다. 그래서 남자 배우는 35세 이후부터가 진정한 배우라고 일컬어진다.

학창시절을 거치고, 군대생활도 경험하고, 결혼도 했을 것이고, 자식도 키워 본 경험이 있을 만한 나이, 다시 말해서 많은 우여곡절을 겪은 나이일 것이기 때문이다. 여자 배우는 결혼해서 아이를 낳은 정도의 나이를 진정한 배우라고 일컫는다. 반쪽이었던 생활이 결혼을 통해서 한쪽이 되고, 아이를 출산하면서 산고를 느낀 경험이 있을 때 비로소 진정한 배우라고 할 수 있는 것이다.

우여곡절을 겪은 배우들은 내공이 켜켜이 쌓여 무대에 가만히 서 있기만 해도 막강한 힘을 발휘한다.

많은 추억거리를 가지고 있는 배우가 깊은 울림이 있는 연기를 할 수 있는 것이다.

55 나의 첫 주례사

나는 45세 때 첫 결혼식 주례를 보았다. 학준이와 현정이가 결혼을 한다고 찾아왔다.

"선생님 어려운 부탁이 하나 있는데 꼭 들어주셔야 합니다."

'축가를 불러 달라고 하는 건가'

속으로 생각했다.

"주례를 꼭 서 주셔야 하겠습니다."

"얌마! 너 내 나이 알고 그런 소리 하는거야? 내가 어떻게 주례를 해? 안돼."

하도 부탁을 하길래 일단 보내놓고 보자는 생각으로 말했다.

"그래 생각해 볼게."

그 다음 날부터 아예 전화도 받지 않았다. 두 사람이 다시 찾아왔다.

"국회의원도 좋고 교수님도 좋지만, 우리 결혼을 진심으로 축하해 줄 사람은 선생님이 영순위입니다."

그 말에 더 이상 거절할 수가 없었다.

주례를 보던 내 모습이 생각난다.

"여러분 안녕하세요? 이 앞의 세 사람의 그림이 참 재미있는 것 같습니다. 사회를 볼 나이의 사람이 주례를 한답시고 제일 가운데 서있으니까, 좀 우습지 않습니까?

전 이 결혼식의 주례를 두 사람한테 부탁받고 매우 당황했습니다.

우선, '벌써 제 나이가 주례를 할 나이가 되었나? 내가 그렇게 나이가 들었나?' 하는 것이고, 주례는 사회적으로 명망이 있는 분들이 하는 것으로 알았는데, 나 같은 사람에게 주례를 부탁하다니? 이런 생각들로 매우 당황했습니다.

그래서 거절을 했고, 며칠 동안 전화도 받지 않고 도망을 다녔습니다. 그런데 김학준 군 말이, 두 사람을 잘 알고 있으면서 두 사람의 결혼을 진심으로 축하해 줄 사람이 누군가를 찾다가 결국 저를 선택했다는 말에, 며칠을 고민하다가 '다른 건 몰라도 두 사람의 결혼을 진심으로 축하를 해 줄 자신은 있다' 라는 생각으로 결국 주례를 맡게 되었습니다.

김학준 군은 뮤지컬 '사랑은 비를 타고' 라는 작품으로 처음 인연을 맺었고, 황현정 양은 뮤지컬 '7인의 신부' 라는 작품에서 처음 만났으며, 그 다음에 '사랑은 비를 타고' 에서도 같이 작품을 했습니다.

두 사람하고는 서울공연을 비롯해서 지방공연도 많이 다녔습니다. 김학준 군하고는 지방공연 때마다 같은 방을 썼습니다. 그래서 누구보다 두 사람을 잘 안다고 자부합니다.

두 사람은 오랫동안 연애를 한 끝에 드디어 오늘 결혼을 하게 되었습니다. 누구나 그렇듯 연애 시절에 이들은 서로 좋은 일도 많았고, 또한 안 좋은 일도 있었습니다. 얼마 전까지도 서로가 서로 때문에 괴로워 한 적도 있었습니다.

하지만 결국 오늘에 이르게 되었습니다.

작년 요맘때쯤 황현정 양과 '유린타운' 이란 공연을 했습니다.

그 공연은 작품도 좋았고 관객도 많았고, 그리고 관객들의 반응도 상당히 좋았던 여러 면에서 성공한 작품이었습니다.

그 작품은 약 3개월 정도 연습을 하고 약 한 달 정도 공연을 했는데, 공연이 끝나는 날까지 연습실에서나 분장실에서나 그리고 공연장에서 단 한마디의 잡음도 없이 깔끔하게 끝난 공연이었습니다.

연기자들은 개성이 매우 강한 사람들입니다. 그런데도 끝까지 좋은 결과를 거둘 수 있었던 이유는 자기 주장만을 내세우지 않고 서로가 서로를 이해하고, 양보할 때는 양보를 했기 때문이라고 생각합니다.

신랑 신부, 두 사람 다 만만치 않은 개성의 소유자라고 생각합니다.

김학준 군은 연구하기를 좋아하는 연기잡니다. 그래서 공연 내내 여러 가지 시도를 많이 합니다. 상대배우는 상당히 당혹스럽고 피곤합니다. 그때마다 전 김학준 군한테, "편한 대로 해라, 하고 싶은 대로 하면, 내가 다 받아 줄 테니까 마음대로 해 봐"라고 했습니다.

결혼 생활도 우리가 좋은 공연을 만들어 나갈 때처럼, 상대방에 대해서 몰랐던 점들을 알기 위한 노력이 필요하고, 좋은 앙상블을 위해서 서로를 배려하고 양보하는 자세가 필요하다고 생각합니다.

김학준 군은 연애시절엔 발견하지 못했던 현정 양의 다른 점들을 알기 위해 더욱 연구하세요! 그래서 아내가 날 위해 무언가를 해주길 바라지 말고, 남자의 넓은 아량으로 집안의 기둥이 되도록 노력하길 바랍니다.

또한 황현정 양은 그 동안 저와 연습을 할 때나 공연을 할 때, 지각을 한다거나 연습을 게을리하는 모습들을 본 적 없습니다. 자기 자신에게 매우 철저한 배우라고 할 수 있습니다. 그리고 후배들이 지각을 하거나 연습을 열심히 하지 않을 때에는 그냥 넘어가지 않는, 후배들에게 상당히 깐깐하고 무서운 선배로 소문이 나 있습니다. 악역을 자처하는 겁니다. 뮤지컬계에서는 발전을 위해서 분명 이런 악역이 있어야 합니다.

하지만 남편과의 생활은, 공적인 일이 아닌 사생활입니다. 남편에게는 편안한 집이 필요하고, 따뜻한 아내가 필요합니다. 신부는 남편과 본인을 위해, 편하고 따뜻한 집을 만드는데 최선의 노력을 다해주길 바랍니다.

우리가 여행을 하다보면 다양한 길을 만나게 됩니다. 곧은 길, 굽은 길, 평평한 길, 포장이 되지 않은 길, 그리고 터널들을 만나게 됩니다.

전 아직 인생을 잘은 모르지만 우리 인생도 이와 같다고 생각합니다.

두 사람이 앞으로 가정을 꾸려 나갈 때는 무한히 많은 길들을 만나게 될 것입니다. 혹시 어두운 터널을 만나더라도 영원한 터널이 없다는 것을 알길 바랍니다. 터널이 길수록 터널 밖으로 나왔을 때, 그 빛은 더욱 찬란한 것입니다.

아무리 어려운 일들이 두 사람을 힘들게 하더라도, 자연의 섭리를 깨닫고 이겨나가길 바랍니다.

마지막으로 제가 좋아하는 작품 중에서 좋아하는 대사 한 마디를 읊으면서 끝내도록 하겠습니다.

"여기, 아무도 설명 못하는 이상한 역설이 있습니다. 누군들 곡식을 거둬들이는 비밀을 알겠습니까? 겨울의 쓰디쓴 고통에서 어떻게 봄이 탄생하는지 누군들 알겠습니까? 왜 다시 싹이 트기 위해 낙엽이 져야 하는지, 전 그 대답을 모릅니다. 아는 건, 단지 그것이 사실이라는 것 뿐!"

56 지분과 수분

사람이 가장 아름다워 보일 때는 지분과 수분을 알 때라고 생각한다. 지분은 자기의 분수를 아는 것이고, 수분은 분수를 지킬 때이다.

화가가 가장 아름다워 보일 때는, 화실에서 스케치한 작품에 자기가 원하는 색깔을 입히고 작품이 완성되면 화폭의 대각선 길이의 2.5배 되는 거리에서 실눈을 뜨고 자기의 작품을 감상하는 모습이다.

축구 선수가 가장 아름다워 보일 때는 게임에서 열심히 뛰어 골인을 시킬 때이다. 배우가 가장 아름다워 보일 때는 스타랍시고 화려한 옷만 입고, 주위에 여자들을 끼고 다니면서 술을 마시며 돈 자랑으로 거드름을 피우는 모습일 때가 아니다. 다음 작품을 위해 곰팡이 냄새가 나는 지하 연습실에서 열심히 땀을 흘릴 때와 무대에서 조명을 받으며 혼신의 힘을 다해 연기할 때이다.

두어 바퀴 정도 턴을 할 때 조명을 받은 땀방울이 객석으로 튈 때의 아름다움은 모든 관객의 찬사를 받는다.

셰익스피어의 '베니스의 상인' 중에서 '바싸니오'의 대사에 이런 말이 있다.

"자고로 겉모습이 그럴 듯해도 속은 겉과 다를 수 있는 법, 그럼에도 세상 사람들은 늘 그럴 듯한 겉모습으로 모든 걸 판단하곤 하지. 아무리 썩어 빠진 추악한 소송사건도 그럴 듯한 변론으로 포장하면 사악한 표면은 가려져 보이지 않게 마련이지. 종교도 마찬가지야. 성직자가 근엄한 표정으로 축복해 주고 성경 말씀을 인용하여 정당화하면 아무리 저주받아 마땅한 죄라도 충분히 가려지지 않던가. 그 어떤 악덕도 그대로 드러나는 법이 없어. 늘 그럴 듯하게 포장해서 그 겉모습을 달리 보이게 하지 않던가?

이 세상엔 겁쟁이들이 좀 많은가. 그럼에도 모래로 쌓은 계단처럼 허술한 마음을 가진 자도, 하얀 간을 가진 겁쟁이들도 헤라클레스의 수염을 달고 허세를 부리지 않던가. 이런 자들은 단지 무섭게 보이려고 용감한 척 겉치레를 하는 법이지. 한마디로 그럴 듯한 겉모습이란 가장 현명한 사람마저 교활하게 함정에 몰아넣는 허울뿐인 진실인게지. 그러니 마이더스 왕도 씹지 못하는 단단한 음식인 너 번쩍이는 황금이여, 나는 너를 원치 않는다. 또 창백한 낯짝을 하고 사람들 사이를 오가는 천한 은이여, 너 역시 나는 원치 않는다. 그러나 보잘 것 없는 납이여, 솔깃한 말로 뭔가를 말해주기보다는 오히려 사람들에게 겁을 주는 듯한 모습, 이 가식 없는 네 모습이 그 어떤 웅변보다 나를 감동시키는 구나.

그래, 난 너를 기꺼이 택하겠다."

57 관객은 내 존재의 의미

30년 넘게 배우 생활을 하면서 수많은 관객을 만났다. 세종문화 회관을 꽉 채운 4천여 명의 관객(70년대는 현재보다 객석이 많 았음)!

1000석 규모에 4명의 관객!

공연 중에 휴대폰 통화를 하는 관객!

계속 방귀를 소리나게 뀌는 관객!

아예 코 골면서 잠을 자는 관객!

조용한 장면에서 이상한 소리로 웃는 관객!

다른 배우들은 아랑곳하지 않고, 나만 쳐다보는 관객!

열광적인 관객!

냉소적인 관객!

단체로 온 나의 제자 관객!

기자 관객!

평론가 관객!

나의 가족 관객!

공연은 무대 장치 없이 할 수도 있다.

음악 없이 할 수도 있다.

조명 없이 할 수도 있다.

음향 효과 없이 할 수도 있다.

의상 없이 할 수도 있다.

대본 없이 할 수도 있다.

연출 없이 할 수도 있다.

그러나 배우 없이 공연을 할 수 있을까?

관객 없이 하는 공연이 존재할 수 있을까?

배우와 관객이 없는 공연은 성립 될 수 없다. 배우에게는 관객이 바로 존재의 의미인 것이다. 일부 개념이 없는 반짝 스타들은 자기가 잘나서 스타가 된 것이라고 착각을 한다. 그래서 관객을 무시하고 거드름을 피운다.

관객이 그 배우를 무시하면 그 배우는 살아갈 수가 없다.

58 꾸미면 안 되는 이유

요즘은 중견배우들의 제2의 전성시대이다. 그럴 만한 이유가 있지 않을까?

그것은 그들이 힘을 뺐기 때문이다. 그래서 그들의 진실한 모습이 보이기 때문이다. 얼굴에서 힘을 뺐고, 목소리에서 힘을 뺐고, 어깨에서 힘을 뺐고, 연기에서 힘을 뺐기 때문이다.

아마추어 배우나 배우 초년생들은 무언가를 하지 않으면 연기를 하지 않았다고 착각을 한다. 그래서 자꾸 힘이 들어가고 오버액션을 하기 마련이다.

친구들 중에는 자주 만나고 싶은 친구가 있는 반면, 그다지 만나고 싶지 않은 친구들도 있다. 목소리를 꾸미거나 행동을 꾸미거나 생각을 꾸미는 친구들은 그들의 진실이 느껴지지 않고 부담스럽다. 그런 친구들 앞에서는 나도 내 마음의 문을 열지 않는다.

관객과 배우의 관계도 마찬가지이다.

배우가 진실에 초점을 두지 않고 무언가 꾸미려고만 하고, 기술에만

의존한다면 관객은 배우에게 마음의 문을 열지 않는다. 꾸미지 않는 진실한 연기를 할 때 관객은 마음의 문을 열고, 배우는 그 마음속에 들어가서 그들을 웃기고 울리고 감동을 주게 되고, 그 사람의 인생을 바꿔 놓을 수도 있는 것이다.

서커스를 보고 감동을 받아 눈물을 흘리는 사람은 별로 없다. 물론 감탄을 할 수는 있다. 그리고 어떻게 저렇게 고난도의 기술들을 표현할 수 있을까. 그 과정이 얼마나 어려웠을까를 생각하면서 잠시 콧등이 시큰해질 수도 있다.

나는 프로극단의 연극을 보고 감동을 받아서 눈물을 흘린 적은 그리 많지 않지만, 고등학생이나 대학생들의 연극을 보고 눈물을 흘린 적은 참으로 많다. 그들은 연기력은 미숙하지만, 진실에 초점을 둔 열정적인 연기를 하기 때문이다.

나는 어느 새 '울보교수' 가 되었다. 그래도 창피하지 않다. 나에게 아직도 눈물이 있다는 것이 자랑스럽다.

대한민국의 정치가들은 연기를 너무 못한다. 연기는 진실함에서 시작해야만 사람을 움직일 수 있다. 그들이 가슴으로 말을 하는 방법을 터득한다면 많은 유권자들에게 사랑을 받을 수 있을 터인데.

몇 년 전 대통령에 출마한 어떤 사람의 기사를 읽은 적이 있다.

"나는 잘 생기지도 못했고 목소리도 나빠서 유권자들이 싫어할 것 같아 입후보하지 않겠어요."

그의 참모가 말했다.

"후보자님은 머리로 말을 하지 않고, 입으로 말을 하지 않고, 가슴으로 말을 하고 있는 것이 가장 큰 장점입니다."

그 말을 듣고 입후보했다는 내용이었다.

나는 무대에 오르기 전에 항상 되뇌이는 말이 있다.

"오늘도 연기를 하지 말자! 오늘도 진실하자! 오늘도 무대를 즐기자!"

59 인간성 나쁜 배우, 인간성 좋은 배우

30여 년간 수많은 배우들과 작업을 했고, 수많은 배우들의 연기를 지켜봐 오면서 이상한 나만의 결론 하나를 얻었다.

'연기를 잘 하는 배우들은 대체적으로 인간성이 나쁘고, 인간성이 좋은 배우들은 대체적으로 연기를 못한다.' 는 것이다. 슬픈 결론이다.

학생들에게 자주 질문을 한다. 두 유형 중에 어떤 배우가 될 것이냐고? 선뜻 대답을 하지 못한다. 그래서 내가 답을 준다.

"연기도 잘 하고, 인간성도 좋은 배우가 되라."

나는 두 마리의 토끼를 다 잡아 보고 싶었다. 그리고 노력을 많이 한다. 과연 나는 어떤 유형일까?

"남경읍은 연기는 잘 하는데, 인간성이 나쁘다."

"남경읍은 인간성은 좋은데, 연기를 못한다."

"남경읍은 인간성도 나쁘고, 연기도 못한다."

"남경읍은 인간성도 좋고, 연기도 잘한다."

내 자신은 내가 어떤 유형인지 알지 못한다. 사람들은 내 앞에서는 나에 대해서 제대로 말을 해주지 않는다.

나는 연기를 처음 시작할 때부터 몇몇 작품을 제외하고는 신인 연출가들과 작업을 많이 했기 때문에, 나의 연기에 대한 지적을 많이 받지 않았다. 자칫하면 내가 연기를 잘 한다고 착각할 수 있었다. 그래서 내 연기나 사람 됨됨이에 대해 제대로 비춰줄 나만의 거울이 필요했다.

나만의 거울은 대화나 독서를 통해서 깊은 생각을 하는 것이다. 그리고 시간이 날 때면 여행을 통해서 자연과 함께 더불어 우주의 진리를 느껴보는 것이다. 그러면서 왜 연기를 잘 하는 배우들은 대체적으로 인간성이 나쁘고, 인간성이 좋은 배우들은 대체저으로 연기를 못 할까? 그럼 인간성이 나쁘다는 것은 무엇일까?

어떤 한 인간을 바라볼 때, 보는 사람에 따라 그 사람을 평가하는 잣대는 다를 수밖에 없기 때문에 내가 말하는 '인간성이 나쁘다는 것'은, 일반적인 잣대를 얘기 하는 것이다.

'인간성이 나쁜' 사람들의 공통점은 안하무인이다. 남을 의식하지 않는다는 것이다. 선배가 오건 말건, 연출가가 오건 말건, 오로지 자기가 하고 싶은 것만 한다. 결과적으로 관객도 우습게 본다는 것이다. 그러기 때문에 무대 위에서도 자기가 하고 싶은 대로 한다. 무대 위에서 긴장을 별로 하지 않는 것이다.

예를 들어, 똑같은 주제의 이야기를 선생님이나 선배 그룹에게 이야기 할 때, 친구 그룹에게 이야기 할 때, 후배나 조카 같은 아이들을 모아 놓고 이야기 할 때는 마음가짐 자체가 달라지고 결과적으로 말하는 스타일 자체가 달라지게 된다. 즉, 마음을 어떻게 먹느냐에 따라 태도가 달라지는 것이다.

문제는 그 배우들이 무대에서만 관객을 우습게 여기면 다행인데, 무대 밖에서도 그렇다는 것이다.

　예로부터 '재승박덕(才勝薄德)'이란 말이 있는데, '덕이 없고, 재주만 많은 사람'을 가장 수준 낮게 보았다.

　나는 학생들에게 "인간성이 나빠야 한다."고 역설적으로 가르친다. 단지 무대 위에서만 말이다.

　아직도 나는 두 마리 토끼를 다 잡고 싶다. 하지만 두 마리 다 놓칠까 봐 걱정도 된다. 옛말이 틀린 것이 없기 때문에…….

　하지만 나는 "예외 없는 규칙은 없다."라는 옛말도 믿는다.

60 아름다운 가을 산

나는 여행을 좋아하지만 따로 시간을 내기가 어렵다. 그래서 지방공연이나 지방에 특강이 있을 때는 내 차를 이용하여 두세 시간 정도의 거리는 국도를 이용하여 여행을 대신한다.

어느 해 충북 영동에서 촬영이 있었는데, 늦가을이었다. 고속도로를 이용하면 두 시간이면 갈 수 있는 거리였지만, 여덟 시간이나 걸려 국도로 영동을 내려갔다. 창문을 다 열어 놓고 바깥 풍경을 구경하며 천천히 운전을 했다. 우리 나라의 가을 산이 그렇게 아름다운지 미처 몰랐다.

몇 시간을 드라이브하며 가을 산을 구경하였다. 어떤 산의 가을풍경은 황홀할 정도로 아름다웠지만, 어떤 산은 그냥 평범했고, 어떤 산은 나의 시선을 전혀 끌지 못했다.

'나를 산에 비유하면 지금쯤의 가을 산에 해당하는데, 나는 과연 어떤 모습의 가을 산에 해당될까?' 라는 생각이 문득 들었다. 그리고 '똑같은 가을인데도 왜 아름다운 산과 그렇지 않은 산이 있을까' 라는

▲ 뮤지컬 '명성황후' 중에서

생각을 했다.

'상록수가 많은 산은 그렇게 아름다운 가을풍경을 보여주지는 못하는구나. 상록수는 젊은 기개를 상징하는 나무지만, 가을 산을 아름답게 하는 것은 계절에 따라 자기 자신을 유연하게 변화시키는 활엽수로구나.' 다른 나무들과 조화로움 속에서 자신의 아름다움을 뽐내는 활엽수가 많은 산이 아름답다는 생각을 하게 되었다.

배우들을 살펴보면 무대 위에서 자기만 튀려고 하는 배우들이 상당히 많이 있다.

연극 전체의 조화를 무시하고, 상대 배우를 전혀 배려하지 않고 자기만 살려고 한다. 연극은 혼자 하는 것이 아니다. 여러 사람의 조화된 연기로 인해서 멋진 결과를 나타내는 종합예술인 것이다.

우리 사회도 그와 마찬가지가 아닐까?

61 베토벤의 운명 교향곡

베토벤은 대단한 천재이기도 하지만, 불행한 일생을 살다 간 음악
가이다. 돈이 풍족하지 못했기 때문에 재능이 없는 제자들에게
피아노를 가르치면서 많은 갈등을 했으리라 생각한다. 그리고 점점
어두워져 가는 귀!

음악가의 귀와 미술가의 눈은 그들에게 생명과도 같은 것이다.

하루는 작업실에서 무언가 인간의 운명에 관한 깊이 있는 곡을 쓰고
싶었지만, 주제 선율이나 주제 리듬조차 떠오르지 않아 베토벤은 깊
은 시름에 빠져 있었다.

방세도 많이 밀려 있었고…….

베토벤의 작업실로 주인이 월세를 받으러 왔다.

'똑똑똑똑, 똑똑똑똑' 주인은 계속 베토벤의 방을 노크했다.

"아! 방세. 이게 나의 운명인가? 운명은 이처럼 나에게 문을 두드린
다."

그 순간 베토벤의 머릿속에 주제 리듬이 떠올랐다. '자자자 잔, 자

자자 잔!

곧 바로 주제 선율도 떠올랐다. 물론 천재작곡가인 그는 거리낌 없이 곡을 써내려 갔을 것이다. 신에게서 영감을 받은 것이다.

신은 아무에게나 혹은 자주 영감을 내려 주지 않는다. 오직 집중하는 자에게 영감을 준다. 천재와 평범한 사람의 차이는 바로 '집중의 시간차' 일 것이다.

62 남경읍, 그 앞에서는 무대도 숨을 죽인다

배우 생활을 하다 보니까 매스컴의 조명도 많이 받게 된다. 그 동안 적지 않게 신문이나 뉴스나 잡지 등에 인터뷰를 하게 되었는데, 유독 카피와 내용이 마음에 들어서 기자에게 직접 전화를 통해서 고마움을 표시한 적이 있다.

남경읍, 그 앞에서는 무대도 숨을 죽인다.

어두운 터널 속에서 방향을 잃고 헤맬 때,

누군가 내민 큼지막하고도 따뜻한 손.

뮤지컬 배우들의 무대 인생에도 가끔 칠흑 같은 어둠이 있는 법이다. 그때마다 그들의 길잡이가 되어 준 사람이 있다.

최근 왕성하게 활동하고 있는 뮤지컬 배우들의 출발선에는 남경읍, 그가 있었다.

자존심에 상처가 되는 아픈 충고는 그들을 더욱 강하게 만드는 쓴 약이었다.

30년 남짓 무대와 호흡을 맞춰온 남경읍은 관객뿐만 아니라, 같은

배우들의 마음속에도 깊이 자리 잡은 배우 그 이상의 무엇이었다.

대학시절 뮤지컬을 처음 보게 된 이후로 그는 일주일 내내 잠을 설쳐야만 했다.

"이게 진짜 네가 해야 할 일이다" 하는 운명의 소리가 가슴에 울려 퍼지듯 심장을 요동치게 했다. 그 후로 이른 새벽부터 막차시간까지 연습에 몰두했고, 심지어는 꿈에서도 대사를 외워댈 정도로 뮤지컬에 목숨을 걸었다.

연습 중 과로로 실신도 하고, 브로드웨이에서 공연을 보는 내내 눈물을 훔치며 포기도 생각해봤지만, '불가능이란 없다'는 믿음만이 지금까지 그를 이끌어 왔다.

- 'The Musical' 2004년 8,9월호에서-

63 깊은 우물을 파기 위해

두 사람이 길을 걷다가 목이 마르자 각자 다른 우물을 파기 시작했다. 거의 비슷한 깊이를 파내자 물이 나오기 시작했다.

한 사람은 참지 못하고 바로 물을 마시기 시작했지만, 곧 흙탕물이 나오고 말았다. 그러나 다른 한 사람은 목마름을 참고 더 깊이 파 내려갔다.

한참 후 그는 큰 두레박으로 물을 마음껏 마셨고, 항상 시원하고 깨끗한 물이 솟아 올랐다.

후배 연기자들을 바라보면 준비도 되지 않은 상태에서 자기를 너무 빨리 상품화하려는 연기자들이 많다. 역시 그들을 바라보면 처음에 반짝 빛나다가 결국은 흙탕물이 되어 버려 이 바닥에서 영원히 사라져 버리는 경우를 너무나 많이 보게 된다. 자연은 우리에게 너무나 많은 은유를 내린다.

나무도 뿌리가 깊지 못하면 약한 비바람에도 쉽게 꺾이고 뿌리 채 뽑히는 경우가 많다. 뿌리가 깊은 나무는 아무리 세찬 비바람을 맞아

▲ 뮤지컬 '두번째 태어~??' 중에서

도 견딘다. 비바람으로 설혹 가지가 꺾인다 하더라도 뿌리 채 뽑히지는 않는다. 이듬해 다시 새싹이 돋아나고, 새로운 생명을 탄생시킨다.

좋은 배우가 되려면 수많은 단련이 필요하다. '단'은 천 번 연습하는 것이고, '련'은 만 번 연습하는 것이다.

좋은 배우란 어떤 배우를 두고 말하는 것일까?, 작품이 요구하는 것을 모두 표현할 수 있는 배우가 아닐까?

작품이 어떤 장면에서는 관객을 울리게 하라면 그렇게 해야 하고, 어떤 장면에서는 배꼽을 빼라면 그렇게 해야 하고, 세상에서 가장 부드러운 목소리로 상대방 여배우에게 사랑을 속삭이라면 그렇게 해야 한다.

대사만으로 부족하다면 노래로 사랑을 표현하라고 요구하기도 하고, 노래의 창법도 클래식하게 혹은 파퓰러하게 아니면 우리의 창법을 요구할 때도 있다. 그리고 노래로도 부족하다고 생각되면 노래를 하면서 춤을 추라고 요구하기도 한다.

춤의 종류도 다양하게 발레로, 재즈 댄스로, 현대 무용으로, 한국 무용으로, 혹은 아크로바틱까지 해내야 한다. 그러기에 좋은 배우가 되기 위한 길은 너무나도 해야 할 일이 많다.

하지만 기량만 출중하다고 해서 좋은 배우가 되는 것이 아니다. 뚜렷한 자기의 철학 아래 우주관, 세계관, 인생관, 직업관을 가지고 내가 왜 배우라는 직업에 종사하는 지에 대한 깊은 성찰이 있어야 한다.

그저 인기를 얻어서 부와 명예만을 얻기 위해서 하는 것인지, 아니면 다른 무엇인가가 확실하게 있는지에 대한 철학이 있어야 할 것이고 자기 분야나 자매 예술 분야의 식견이 풍부해야만 한다.

우리는 디자이너를 예술가라고 부른다. 하지만 디자이너가 만든 디자인에 따라 그저 무언가를 만드는 사람은 기능공이라 부른다.

연기자도 마찬가지이다. 연출자가 시키면 무엇이든 다 표현할 수는 있지만, 머리가 텅텅 비어 있어서 자기 연기를 디자인할 수 없다면 그저 연기 기능공에 불과할 뿐이다.

64 사랑의 매

나는 수업을 할 때 매를 댄다. 그렇지만 몇 가지 전제 조건이 충족되었을 때만 매를 댄다.

첫째, 나의 감정이 개입되지 않았는가?

둘째, 진정으로 그 아이를 사랑해서인가?

셋째, 그 아이가 매를 견딜 수 있는 아이인가?

그리고 체벌을 할 때는 지나치게 매를 대지는 않는다. 무엇이든지 지나친 것은 항상 문제가 생기게 된다. 지나치다는 것은 한쪽으로 기울어진다는 것이다. 편애, 편협, 편식, 편견, 편파…. '편' 자가 붙는 것은 아무튼 좋지 않다.

피아니스트가 손가락 연습을 게을리하여 아주 빠른 곡이나 어려운 '기술'을 구사할 수 없다면, 좋은 피아니스트라고 할 수가 없다.

어떤 한 학생이 대사를 할 때마다 고개를 흔드는 버릇이 있었다.

여러 번 지적을 했지만, 고쳐지지 않았다.

"다음 시간에도 흔들면 매 맞는다."

"네!"

대답을 하면서도 고개를 흔들었다.

다음 시간에도 역시 고쳐지지 않았다.

"앞으로 나와!"

회초리 세 대로 그 아이의 버릇은 바로 고쳐질 수 있었다.

'예술'은 자유스러운 분위기에서 만들어지는 것이지만, '기술'을 연마할 때는 '스파르타' 교육이 필요하다. 물론 그러한 교육을 할 때도 어느 한쪽으로 기울어지지 않는 지혜로운 방식으로 해야 함은 물론이다.

그리고 매를 통해서 학생들에게 추억거리도 만들어 주고 싶다. 나중에 내가 죽었을 때 구천에서 저 아래의 장례식장을 바라보면 내 제자들도 많이 와있을 것이고, 그 아이들의 대화 내용도 들을 것이다.

"넌 남쌤한테 몇 대 맞았냐? 난 몇 대 맞았는데."

매를 맞은 추억에 대한 얘기들을 할 것이다.

배우는 추억거리가 많아야 한다.

아직까지는 112 신고 사태는 없었다.

65 극단적인 생각

20 05년에 동생의 권유로 명동에 남뮤지컬 아카데미를 동생과 함께 오픈하였다. 약 400평 규모에 시설도 이미 되어 있었고, 나와 동생은 학생들을 가르치기만 하면 되는 조건이었다.

나는 뮤지컬을 시작한 초창기부터 뮤지컬 아카데미를 만들고 싶었다. 그 당시에는 뮤지컬 아카데미가 없었기 때문에 성악레슨은 역촌동에서, 피아노 레슨은 잠실에서, 발레는 이태원에서, 기계 체조는 종로 2가에서, 현대 무용은 광화문에서 정신없이 버스를 타고 다니면서 레슨을 받았다.

"아! 시간이 아깝다. 한 군데에서 다 배우는 곳은 없나?"

그때부터 생각했던 터라 아카데미에 거는 기대가 많았다. 최고의 커리큘럼과 최고의 강사진을 구성하고 열심히 학생들을 가르쳤다.

그런데 문제가 하나 발생했다. 같이 경영하던 사람이 그동안의 수강료를 착복하고 해외로 도주해버린 것이다. 아직도 그 여파가 만만치 않은데, 밀린 강사료와 금싸라기 땅인 명동 400평에 대한 월세며 관리

비 등으로 고충이 많았다.

그래서 생전 처음으로 고소도 당하고, 패소하고, 배우에게는 상당히 큰 액수인 경제적인 손실도 보았다. 금융권 압류, 자동차 압류 등 정신적인 타격이 매우 컸다. 어떤 때는 극단적인 생각까지도 했다.

하지만 "남경읍! 너는 할 수 있다." 라는 어렸을 때부터 되뇌인 말들이 떠오르기 시작했다. 나 자신에게 다시 최면을 걸기 시작했다.

"남경읍, 넌 능력 있는 놈이야. 그까짓 것 금방 회복할 수 있어. "

지금도 고통스러운 일들이 많지만 늘 학생들에게 말한다.

"고통이 없다면 새로운 생명을 창조할 수 없다."

내가 그렇게 얘기하면서 내가 그것을 믿지 못한다는 것은 말과 행동이 다른 것이 아닌가?

이런 일을 통해서 내가 얻은 가장 소중한 것은, 내 주위에 진심으로 나를 믿어주고 나에게 힘을 주는 사람들이 있다는 것이다.

66 어느 노배우의 실토

얼마 전 뮤지컬 한 편을 공연했다. 서울공연과 지방공연 그리고 해외공연을 했다. 두 달 정도 연습하고 5개월 정도 공연을 했다.

같은 배우 중에 70세가 넘으신 선생님이 한 분 계셨다. 같은 분장실을 사용했는데 하루는 선생님께서 말씀하셨다.

"야, 경읍아! 영화나 텔레비전 촬영을 할 때는 너무 편하게 하는데, 무대는 50년이 넘어도 아직도 가슴이 콩닥콩닥 뛴다. 나 참!"

선생님께서 나에게 그런 말씀을 하셨다는 것이 고맙고 놀라웠다.

"아! 무대라는 것이 나만 힘든 공간이 아니구나. 50년 넘게 연기를 하신 선생님께서도 힘들어 하시는 구나."

나는 데뷔 무대에서도 거의 떨지 않은 강심장을 가진 편이다. 하지만 무대라는 것은 항상 어렵고, 새로운 인물을 만들 때는 많은 고통이 뒤따른다.

새로운 생명을 탄생시킬 때는 꼭 산고가 뒤따른다. 고통 없이는 절대로 새로운 생명이 탄생되지 않는다. 예술가에게는 고통이 필수 조건인 것 같다.

　내가 힘들게 만든 그 결과물을 보고 관객들이 감동을 받기 때문에 힘들어도 이 직업에 보람을 느끼는 것이 아닐까?

67 명품 만년필과 명품 배우

어느 만년필 회사에서 만년필을 만 개를 만드는데 불량품이 천 개가 나오는 회사도 있고 한 개의 불량품도 나오지 않는 회사도 있다. 당연히 후자가 명품 만년필 회사이다.

그 차이는 무엇일까? 그 회사 경영자의 마인드일 것이다. "단 한 개의 불량품도 만들지 않겠다.", "그 마음을 끝까지 변치 않고 지속할 것이다." 그렇게 되면 좋은 재료를 쓰게 되고, 직원들을 독려하고 혹시라도 불량품이 나오면 당장 회수하고 더 좋은 품질로 만들기 위해 또다시 고민하게 되고, 그래서 결국 최고의 명품 만년필을 만들게 된다.

배우도 마찬가지이다. 배우라면 명배우가 되겠다는 마인드를 가져야 한다.

좋은 호흡에서 우러나오는 좋은 소리, 정확한 발음, 잘 훈련된 좋은 몸, 수많은 경험을 통한 다양한 감정 표현, 전공분야와 관련 예술 분야를 아우르는 축적된 다양한 지식, 좋은 생각을 할 수 있는 맑은 정신, 그로 인해서 무대에서 자기 자신과 주위를 의식하지 않고 무대를 즐길 수 있을 때 명배우가 되는 것이다.

독일에서 활동하는 발레리나 강수진 씨의 말이 생각난다.

"더는 못한다고 이 정도면 됐다고 생각할 때, 그 사람의 예술 세계는 거기서 끝이다."

그녀는 공연이 끝난 후에 다른 무용수들이 황급히 극장을 빠져나갈 때, 무대 구석에서 묵묵히 일하는 스태프들에게 따뜻한 미소로 수고했다고 인사를 나누고 집으로 향한다는 기사를 본 적이 있다.

강수진 씨의 그러한 마인드가 그녀를 명 발레리나의 반열에 올려놓은 가장 큰 요인이었을 것이다.

자기의 재능만을 자랑하는 이름이 난 '난배우'가 아니고, 자기의 학식만을 자랑하는 머리에 든 '든배우'가 아니고, 인간적으로 완성이 된 '된배우'가 되어야 한다.

오늘 공연을 한 뒤 오늘은 내가 불량품을 만들지 않았는가를 수없이 되묻고, 끊임없는 자기 계발을 해야 한다.

68 수소와 우라늄

우주를 구성하는 원소는 현재까지 92가지가 발견되었다고 한다. 가장 가벼운 원소는 수소 그리고 가장 무거운 원소는 우라늄이다.

원소도 사람처럼 성질이 있고 장단점이 있다.

수소의 성질은 가볍기 때문에 서로 뭉치려는 성질이 있고, 우라늄은 무겁기 때문에 자꾸 떨어져 나가려는 성질이 있다. 수소는 뭉치면서 에너지를 발생하고, 우라늄은 떨어져 나가면서 에너지를 발생시킨다. 핵융합과 핵분열을 하는 것이다. 이것을 통칭 핵반응이라고 하고 핵반응을 통해 핵에너지가 생긴다.

수소의 장점은 재료를 구하기가 쉽다는 것이다. 물을 분리하면 수소를 얻을 수 있다. 물은 지구상에 수없이 많다. 하지만 핵융합이 시작되려면 주변 온도가 대략 1000만도 이상이 되어야 하기 때문에, 원자로의 온도를 올리는 데 필요한 비용을 감당하기 어려운 단점이 있다.

우라늄의 장점은 무조건 분열해서 에너지를 발생시킨다는 것인데,

▲ 뮤지컬 '두번째 태양' 중에서

반면에 재료를 구하기가 어렵다는 단점이 있다.

태양계에서 유일하게 스스로 빛을 발하는 별은 거의 수소로 이루어진 태양뿐이다. 그럼 똑같이 수소로 이루어진 목성은 왜 스스로 빛을 발하지 못하는 것일까? 태양의 중심 온도는 섭씨 1000만도를 넘지만, 목성은 그렇지 않기 때문이다.

배우도 무대에서 별처럼 빛나는 배우가 있는가 하면, 그렇지 못한 배우도 있다. 그 차이는 무엇일까? 스스로 빛을 발하는 배우는 자신의 마음의 중심온도가 섭씨 1000만도와 같아서 내부의 수소 에너지를 융합시켜서 무수한 핵에너지를 발생시키기 때문이다.

다시 말하면 뜨거운 열정이 있기 때문이다. 물론 변치 않는 열정이 있어야 영원히 빛나는 스타가 되겠지만.

69 제자들이 주인공인 무대

27년 동안 학생들을 가르쳤으니 제자들도 상당히 많다. 1983년에 계원예고에 학생과장으로 있는 선배로부터 여름방학 특강 과목 중에 신체 훈련을 맡아 달라는 제의를 받았지만, 막상 내가 가르칠 수 있는 능력이 없다는 생각으로 거절했다. 하지만 부담 갖지 말고 편하게 하라고 해서 특강을 시작했다.

특강이 끝난 후 학생들도 잘 따르고, 나도 재미있어서 2학기부터는 아예 정식 수업으로 배정 받아서 2004년까지 만 21년을 강의했고, 대학 강의와 아카데미 강의를 지금까지 해오고 있다.

제자가 약 3천 명 정도 되고, 그 중에서 현재 배우로 활동하고 있는 제자는 약 3백 명 정도 되는 것 같다. 그러다 보니 어느 순간부터 제자들과 같은 무대에 서게 되는 경우가 잦아지게 되었다.

제자와 제일 먼저 무대에서 만난 작품은, 내가 처음으로 연출을 한 서울예술단의 뮤지컬 '환타스틱스' 였다.

내가 맡은 배역은 '엘가로' 이고, 그 학생은 계원예고 출신의 여자

▲ 뮤지컬 '햄릿' 중에서 제자 박건형과 함께

주인공 '루이자' 였다. 제자와 같이 출연하는 첫 무대라 기분이 아주 묘했다.

장면 중에 두 사람이 가볍게 입맞춤을 하는 장면이 있었는데 연습 때는 입맞춤을 하지 않았고, 공연 날만 하기로 했다.

드디어 첫 공연 날 공연 중 입맞춤을 하게 되었다. 그런데 이게 어떻게 된 일인가? 입맞춤 후에 루이자가 얼어붙었다. 움직이지도 않고 대사도 하지 않고, 그냥 멍하니 하늘만 쳐다보고 있는 것이었다.

다음 대사가 루이자의 대사인데……!

어쩔 수 없이 없는 대사를 만들어서 한참을 하고 있으려니까 그제서야 정신을 차리고 대사를 시작했다. 공연이 끝난 뒤에 그 학생은 분장실에서 난리가 났다. 얼굴이 빨개져서 내 얼굴은 쳐다보지도 못하고 마냥 얼어붙어 있었다. 참 순수한 학생이었다.

그날 마침 계원예고 학과장 선생인 선배가 공연을 보러 왔었는데, 선생이 학생에게 그럴 수 있냐고 온갖 타박을 다 하였다.

그 이후에 제자들과 같은 무대에 서는 빈도가 점차 많아졌다. 처음엔 나도 적응하기가 힘들었지만, 지금은 제자가 없으면 섭섭할 정도로 적응이 잘 되고 있다.

2008년에 뮤지컬 '햄릿'을 공연했는데 주인공 햄릿 역이 박건형이었고, 나는 햄릿의 칼에 찔려 죽는 여주인공 오필리어의 아버지 역인 '폴로니우스'를 맡았다. 2개월 연습에 6개월 공연을 하였다.

커튼콜 때 당연히 내가 먼저 나와서 인사를 하고, 다음에 박건형이가 마지막으로 나와서 인사를 한다. 예전에 내가 주인공을 맡은 공연을 할 때에는 내가 마지막에 나와서 인사를 하는데, 이제는 전세가 역전이 되어서 제자가 마지막에 나와서 인사를 할 때가 많다.

그 때 나의 기분은? 처음에는 적응하기가 상당히 어려웠다.

"내가 가르치던 학생이 나보다 더 큰 배역이고 인사도 나중에 하다니."

그때마다 자연의 섭리와 큰 성현들이 나에게 가르침을 주고 있다.

"태산이 큰 것은 모든 흙을 뿌리치지 않았음이요, 바다가 깊은 것은 작은 물줄기라도 가리지 않았기 때문이다." 라는 말들이 나의 마음을 두드리고 있는 것이다.

나는 '햄릿' 내내 커튼콜 장면 때면 건형이에게 큰 박수와 환호를 진심으로 보냈다. 그러면 건형이가 나에게 눈을 마주치며, 엄지손가락을 치켜 올리면서 화답을 해왔다.

그런데 어떤 작품에서는 나의 제자가 주인공으로 나와서 인사를 할 때, 내가 건성으로 박수를 보내는 경우도 있다. 편애를 해서는 안 되는데, 나도 어쩔 수 없는 인간이다.

70 규칙적인 생활로 환경에 적응하기

규칙적인 생활을 하지 않으면 모든 리듬이 망가지고 정신적으로나 육체적으로 몸에 해롭다. 대체적으로 배우들은 일반인들과 생활 리듬이 많이 다르다.

일반인들이 출근을 하는 시간에는 집에 있고, 일반인들이 퇴근할 시간에는 우리는 한참 연습을 하거나 공연을 하고 있는 시간이다. 그리고 공연을 쉬지 않고 하는 것도 아니다. 그래서 초·중·고등학교 친구들과 만나는 시간을 맞추기가 매우 어렵다.

배우들의 생활리듬을 크게 3가지로 나눌 수 있는데, 첫째는 공연이 있는 기간, 둘째는 공연 연습기간, 셋째는 공연이 없는 기간으로 나눌 수 있다.

또한 공연이 일정하게 있는 것도 아니다. 그러다보니 수입도 일정치가 않다. 이런 불규칙적인 리듬이 배우들을 자기 생활에 적응하기 어렵게 만드는 것이다.

좋은 배우가 되려면 어떠한 환경에 처하더라도 적응을 잘 해야 한다.

그리고 배우는 한없이 기다리는 직업이므로 참을성이 있어야 한다.

얼마 전에 영화를 촬영한 적이 있었는데, 나의 배역이 작은 역도 아니었는데도 한 장면을 촬영하고 나서 그 자리에서 16시간을 기다린 다음 촬영을 한 적이 있었다. 물론 그동안 그런 적이 한두 번이 아니었다.

그때 나는 두 부류의 배우들을 보았다. 하나는 뒤에서 스케줄이 왜 이모양이냐며 투덜댔고, 다른 한 부류는 그 시간을 잘 활용하면서 불평불만 없이 지냈다.

물고기가 시냇물이 더럽다고 물을 떠나 살 수 없다. 공룡이 힘이 없어서 멸종된 것이 아니고, 환경에 적응하지 못해서 그렇게 된 것이다.

강하다는 것은 이를 악물고 참는 게 아니라, 어떤 상황이라도 자기의 마음을 잘 다스려 행복할 수 있게 만드는 것이다.

▲ 영화 '용서는 없다' 중에서

71 관객이 느끼게 하는 연기

비극을 연기하면서 배우들은 슬퍼서 눈물을 펑펑 흘리며 공연하는데, 관객들은 전혀 슬퍼하지 않는다든가, 코미디를 연기하면서 배우들끼리는 배꼽을 잡고 공연하는데, 관객들은 전혀 즐거워하지 않는다면 무언가 문제가 있는 연기다.

반대로 배우들은 그냥 편안히 연기를 하는데, 관객은 너무 슬퍼서 펑펑 울면서 관람한다든지, 배우들은 너무나 천연덕스럽게 연기를 하는데, 관객들은 배꼽을 잡으면서 구경을 한다면 그것이야말로 고급 연기라고 할 것이다. 물론 이렇게 되려면 드라마의 모태인 희곡이 좋아야 한다.

그러나 가장 중요한 것은 배우가 자신이 모든 것을 다 표현하려는 욕심을 버리고 관객이 스스로 느끼게 하는 것이 중요하다. 배우가 모든 것을 다 해버리면 관객이 느낄 시간이 없는 것이다.

동양의 미 중에는 '여백의 미'가 있다. 비움으로써 꽉 채울 수 있다는 것이다.

배우가 자기의 연기에 여백을 줌으로써 관객이 그 속으로 들어와 자기의 생각을 채울 수 있게 된다. 그것이 바로 절제된 연기, 여백의 미가 아니겠는가?

몇 년 전에 멜깁슨이 출연한 '패트리어트' 라는 영화를 집사람과 같이 보았다. 멜깁슨이 전쟁을 떠나기 전 자폐아 딸아이가 굳게 다물었던 입을 열면서 '아빠' 라고 부를 때 딸아이를 바라보는 멜깁슨의 표정 연기가 나의 눈물보를 터뜨렸다.

그냥 눈물을 흘린 정도가 아니라 아예 훌쩍이면서 소리를 내며 울었다. 창피해서 빈 콜라캔을 구기면서 나의 울음소리를 은폐해야만 했다.

멜깁슨은 그냥 딸을 바라보기만 했다. 그 여백에 나의 마음이 끌려 들어간 것이다. 그리고 나는 아직도 내게 눈물이 이렇게 많이 남아 있다는 것에 감사했다.

72 놀자! 놀자!

몇 년 전에 귀네슈 감독의 인터뷰 기사를 읽은 적이 있다. 두 가지 내용이었는데

하나는, 한국에 처음 와서 강하게 받았던 인상이 축구를 즐기기보다 이기려고만 한다는 것이라고 했다.

고교 연습장에 가 보았더니 감독이 고래고래 소리를 지르고 상대방이 센터링을 넘기게 하면 불호령이 떨어졌고, 지지 않으려고 안간힘을 쓰는 선수들을 보았다는 것이다. 그래서 결정적인 슛 찬스가 오면 이내 선수들은 굳어 버리고 실수를 범하고 만다는 것이다. 자국의 선수들이나 유럽 선수들은 보다 많은 사람을 즐겁게 해 주기 위해서 자신도 즐기고 슛 찬스가 오게 되면, 어떻게 하면 더 멋진 슈팅을 할까를 생각하기 때문에 예술적인 슈팅이 많이 나온다는 것이다.

또 하나는 공만 잘 차는 선수는 좋은 선수이지만, 위대한 선수가 되기 위해서는 꾸준한 노력을 해야 한다는 것이다.

위대한 선수란 자기만 즐기는 것이 아니고, 구장에 온 수많은 관중

들의 마음도 헤아릴 줄 알고, 다른 선수들의 마음도 배려할 줄 아는 그러한 선수라는 것이다.

우리 세대의 배우들은 선배님들에게 연습실과 무대는 신성한 곳이라고 교육받아 왔다. 나도 그렇게 생각하고 있고, 영원히 그렇게 되어야 한다. 연습실은 우리의 몸과 마음을 갈고 닦는 곳이고, 무대는 그것을 표현하는 신성한 곳이다.

그러나 나는 생각 하나를 살짝 더 추가하고 싶다. 우리의 몸과 마음을 갈고 닦은 다음 그것을 표현하는 축제의 장이 되어야 한다고 말이다.

무대는 즐기는 곳이다. 배우가 마음껏 즐겨야만 관객들도 즐길 수 있다. 그러나 내가 마음껏 즐기려면 나 혼자만의 수많은 준비기간이 필요하고, 또한 그것은 수많은 고통의 시간이 뒤따를 수밖에 없다. 그 경지를 넘어서야만 비로소 즐길 수 있게 된다.

예전에 모 신문사와 인터뷰를 했다.

"예술이란 무엇이라고 생각하십니까?"

나는 "고통!" 이라고 답했고, 동생은 "즐거움" 이라고 했다.

이제 다시 생각해 보건대 "예술은 고통에서 태어난 즐거움" 이라고 정리하고 싶다.

73 덤으로 받은 30년

한국인의 평균수명이 OECD국가의 평균 수명을 넘어선 80세 이다. 내가 중학교 시절에는 50세가 넘어선 아저씨들이 중늙은이라고 불리었다. 그때는 도포를 입고 상투를 틀고 다닌 아저씨들도 많았다. 그래서 우리는 그 아저씨들을 할아버지라고 불렀다.

지금 나는 50이 넘었지만 절대로 할아버지 같지가 않다. 몸도 마음도 아직 청춘이라고 생각한다. 나의 착각인가?

공자는 50에 '하늘의 뜻을 알았다' 는 지천명(知天命)을 했다. 하지만 나는 아직도 하늘의 뜻을 깨닫지 못했다. 아니 근처에도 가지 못한 것 같다. 그러나 그 당시의 평균 수명과 지금의 평균 수명으로 따져 본다면 70세 쯤에 지천명하면 될 것 같다.

과학과 의학이 발달하면서 우리는 그 당시보다 30년을 덤으로 선물받았다. 내가 대학을 졸업하고 활발하게 활동하며 더욱 좋은 배우가되기 위해 열심히 공부하던 기간이 15년 정도였다. 내가 큰 병 없이 평균 수명까지 살게 된다면 그 15년이 두 번이나 남아있다. 나에게 해야 할 일이 아직도 수없이 많다는 결론이 나온다. 물론 그 30년을 열정적으로 살아야 한다는 전제 조건이 충족되었을 때 말이다.

학원계의 신이라고 불리는 손주은 씨가 한 말이 생각난다.

"초·중·고등학교 동창회에 가보면 여러 종류의 친구들을 만나게 됩니다. 그중에는 야간 자습시간이 싫어서 담을 넘어 중국집에 가는 학생들이 있었는데, 그때 담을 넘자고 친구들을 꾄 학생이 있고, 그 꼬임에 빠져서 그냥 따라가는 학생이 있습니다. 그리고 중국집에 가서 술을 한 잔 하자고 꾀는 학생이 있고, 그냥 따라서 마시는 학생이 있습니다. 그러고는 오늘 학교에 돌아가지 말고 집으로 가자고 꾀는 학생이 있고, 그냥 따라서 집으로 가는 학생이 있습니다.

그런데 동창회 모임의 그 친구들을 가만히 살펴보면 그중에 가장 성공한 친구들은, 그때 그 친구들을 꼬드긴 학생들이 대부분입니다. 다시 말씀드리면 친구들을 꾀어낼 수 있는 에너지가 충만한 친구들이 다 성공했다는 것입니다."

무언가를 이룬 5%의 사람들의 공통점은 숨을 거두기 직전까지 열정적인 에너지가 있었다는 것이다. 나머지 95%의 사람들은 처음 시작이 뜨겁지만 시간이 지날수록 열정이 식어간다. 내가 덤으로 받은 30년을 어떻게 사용하느냐에 따라 더 많은 제자들을 사회에 내보낼 수 있고, 더 좋은 작품을 만들어 조금이나마 사회에 공헌하는 배우가 될 수 있을 것이라고 생각하고, 그것이 곧 하늘이 내게 내린 명이 아닐까 생각한다.

74 틀을 만들어 놓은 햄릿

뮤지컬 '햄릿'을 할 때다. 미국과 체코에 라이센스가 있기 때문에 연출가와 안무가가 한국 사람들과 미국, 체코 사람들로 구성되어 있었다.

처음 한 달은 우리끼리 연습을 하다가 공연 한 달 전에 라이센스팀에서 연출가와 안무가가 작업에 참여하게 되었다. 내가 딸인 '오필리어'에게 햄릿에게서 온 편지를 보여주는 장면이 있는데, 그 편지를 3번 흔들고 한 번은 반대 손으로 편지를 톡톡 치라는 주문을 받았다. 그렇게 하지 않으면 계속 반복적으로 연습을 시켰다. 나는 그 틀에 매여서 그 장면을 공연 마지막 날까지 아주 힘들게 표현했다. 어려운 연기도 전혀 아닌데 말이다.

그렇게 표현하라고 한 이유는 있겠지만, 배우를 어떠한 틀에 가둬 놓고 그 틀을 벗어나면 안 된다는 법칙을 만들어 놓으니까 나는 더 이상 새로운 무언가를 할 수가 없었다.

예술이란 선배 예술가들이 만들어 놓은 어떤 틀과 규칙을 깨고 새로

▲ 뮤지컬 '햄릿' 중에서

운 것을 만드는 것이라고 생각한다.

일본의 한 자동차 회사는 회장 직속 기구로 전국에 있는 지사에서 가장 엉뚱한 사람들을 모아서 아이디어 팀을 만들었다. 그 사람들이 출근해서 퇴근할 때까지 하는 일은 엉뚱한 생각을 하는 것이다.

'차가 막히면 하늘을 날게 하는 방법은 무엇일까?'

'주차 공간이 좁으면 바퀴가 90도 각도를 틀어서 쏙 들어가게 할 수는 없을까?'

수많은 예술 작품들은 작가의 상상 속에서 탄생한다. 레오나르도 다 빈치의 '최후의 만찬', 베토벤의 수많은 작품, 해리포터, 스타워즈, 이티 등.

존재하지 않는 것을 상상할 수 없다면 새로운 것을 창조할 수가 없다. 그리고 살아남으려면 탁월해야 하고, 탁월하려면 Think out of box를 해야 한다.

75 열심히 하는 것과 잘하는 것

서울 예내 동기 중에 '정동파' 라는 별명을 가진 친구가 하나 있었다. 연습 이외에는 다른 것에 거의 신경을 쓰지 않는 친구다. 자기가 정해 놓은 개인 연습시간에는 옆에서 누가 죽어 나가도 꿈쩍도 하지 않을 친구다.

여학생들이 아무리 농담을 해도 "예" "아니오" 단답으로 대답을 한다. 선배들에게 단체로 기합을 받거나 매를 맞아도 끝까지 참는 친구는 그 친구 하나 뿐이다.

2년을 그렇게 했는데 실력이 별로 늘지가 않았다. 결국 지금은 다른 직종의 일을 하고 있다. 그 당시 어떤 교수님께서 "열심히 하면 뭘 해, 잘하는 것이 중요하지!" 라고 항상 말씀하셨다.

나는 "대한민국 뮤지컬계에서 연기 제일 잘하는 사람 나와." 라고 말한다면 아직은 나설 자신이 없지만, "제일 열심히 하는 사람 나와." 라고 한다면 "바로 나다." 라고 나설 자신이 있다.

그런데 연기를 시작한 지 15년이 지났을 때에도 나의 연기 평을 보

면 항상 열정적이니, 파워가 있느니, 열심히 하느니 정도의 평이고, 잘
한다는 평을 받아 본 적이 별로 없었다. 그 이유로 항상 고민하고 있었
다.

1992년에 뮤지컬 '돈키호테' 연습을 하던 중 특히 나를 괴롭게 하는
장면이 있었다. 도무지 연기의 실마리가 풀리지 않았다. 그 장면만을
수없이 반복했지만 마음에 차지 않았다.

나는 항상 '연습은 공연처럼, 공연은 연습처럼' 이라는 배우들이 격
언처럼 하는 말을 마음에 새기면서 연습과 공연을 해왔다.

하루는 연습을 하다가 지쳐서 그 장면을 장난치듯이 대충 대충 표현
했다. 그런데 웬일인지 내가 원하는 대로 감정표현이 너무나 잘 되는
것이었다.

"어라? 이건 뭐지?"

얽매임에서의 일탈이 내 마음을 편안하게 했고, 그로 인해서 숨겨져
있었던 그 무엇인가가 밖으로 표출된 것이었다. 그 다음부터는 '연습
도 즐기고, 공연도 즐기자.' 라는 생각으로 바뀌었고, 행동이 몸에 배
인 것 같다.

76 배우가 맞는 만루 홈런

나는 배우 생활을 하면서 배우는 무대에서 아무리 실수를 하더라도, 야구 경기에서 투수가 세계선수권대회의 9회 말 투아웃 투 스트라이크 쓰리 볼의 상황에서 만루 홈런을 얻어맞는 기분은 없을 거라고 생각했었다. 그러나 두 번 정도 그러한 경험을 한 적이 있다. 한 번은 '돈키호테'를 공연할 때였다.

1992년, 나는 경기도립극단에서 '돈키호테' 배역으로 공연을 하고 있었고, 동생은 롯데월드 예술극장에서 '돈키호테' 배역을 하고 있었다. 나의 공연 일정이 끝났고 동생은 앞으로 4개월 정도 더 남은 상태였다. 그런데 동생과 같은 배역을 하던 선배님 한 분이 중간에 공연을 하지 못하게 되었고, 나머지 기간을 동생 혼자 하게 되었다.

동생은 바로 그 전 공연인 '웨스트 사이드 스토리'를 하던 중 십이지장 파열로 수술을 받아서 몸 상태가 아주 좋지 않았다. 동생이 SOS를 청해서 내가 급하게 투입이 되었다. 내가 연습할 수 있는 기간이 2주일 정도로 짧았기 때문에, 긴 독백과 솔로 곡의 가사는 경기도립의 번역본으로 하고, 서로 주고 받는 대사와 노래의 가사는 롯데의 번역본으로 하기로 하고 본격적인 연습에 들어갔다.

일주일이 지난 후에 갑자기 동생이 방송 스케줄이 잡혀서 나에게 공연을 해달라는 부탁을 했다. 나는 연습이 조금 부족한 감이 있었지만, 동생의 부탁이기도 하고 하고, 싶은 의욕도 솟아나서 공연을 하기로 했다. 공연이 순조롭게 진행 되는가 싶더니 2막에서 그만 가사를 잊어 버렸다.

'임파서블 드림 리프라이즈' 라는 주제곡을 반복하는 장면인데 경기도립에서는 그 곡을 1절만 했는데, 롯데에서는 2절까지 해야 했다. 당황했지만 느린 곡이라 가사를 만들어가면서 끝까지 노래를 했다.

왠지 가사가 잘 만들어졌다. '역시 남경읍은 대단해.' 자화자찬을 하면서 노래를 끝냈다. 하지만 후주를 자세히 들어보니 음정이 다 틀린 것이다. 쥐구멍에라도 들어가고 싶은 심정이었다. 그 다음 장면부터 내가 공연을 어떻게 했는지 정신을 차릴 수가 없었다.

또 한 번은 '사랑에 빠질 때' 라는 작품을 할 때였다. 공연을 1997년 1월 말에 하기로 했는데, 제작자가 연말 시즌에 맞추기 위해 배우들과 상의도 하지 않고 1996년 12월로 한 달을 앞당겨 대관을 한 것이다. 연습기간이 한 달이 줄어 버린 것이다.

이번에도 공연 중에 가사를 잊어버렸다. 이번에는 상당히 빠른 곡이었기 때문에 가사를 만들 수가 없었다. 방법은 하나밖에 없었다.

"라라라라~랄, 라라라라~랄."

나는 항상 개인 연습량이 많기 때문에 무대에서 실수를 별로 하지 않는 편이다.

하지만 이렇게 큰 실수를 두 번이나 한 것이다. 너무 속상했지만 이미 엎질러진 물이다.

아무리 잘 하는 프로페셔널이라 하더라도 연습과 준비가 부족하면 잘 해낼 수 있는 재간이 없다. 그것은 비단 무대예술에 국한되는 것은 아닐 것이다.

▲ 동생 남경주와 함께

7 7 변신 '레인맨'

가장 최근에 공연한 작품은, 더스틴 호프만과 톰 크루즈가 연기해 서 대단한 성공을 거두었던 영화 '레인맨'을 연극으로 각색해 서 예술의 전당 자유소극장에서 공연한 작품이다.

내가 맡은 배역은 더스틴 호프만이 열연해서 아카데미 남우주연상 을 받은 특수 기능을 가진 '자폐아'인 형의 역할이었다.

연극 '레인맨' 또한 영화 못지않은 성공으로 영국과 일본 무대에서 찬사를 받았다. 영국 버전은 2008년 런던 아폴로 극장에서 유명 할리 우드 배우 조쉬 하트넷과 연기파 배우 아담 고들리가?, 각각 동생과 형으로 출연하여 연일 매진을 기록하며 센세이션을 일으켰다. 일본 버전의 '레인맨' 또한 일본 열도를 울음바다로 만들었다. 일본의 인 기배우 시이나 깃페이가 동생 찰리 바비트 역을 맡아 많은 여성팬들 의 감성을 자극한 바 있다. 영화의 성공과 앞선 다른 몇 나라에서의 성 공에 힘입어 2009년 한국에서의 초연 또한 연극계의 관심과 호평 속 에 마무리 되었다. 웰메이드 연극이라는 평가 속에 진한 형제애가 주는 따뜻한 감동으로 관객들의 가슴을 적셨다.

연극 '레인맨'의 줄거리는 영화 '레인맨'의 줄거리와 유사하지만, 탄탄한 원작을 바탕으로 하는 감동과 웃음의 공존이 '레인맨'의 최대 매력이라 할 수 있다. 영화를 바탕으로 한 이야기지만, 연극 무대만이 가지고 있는 특유의 따뜻함과 생동감이 영화 이상의 감동을 전달한다.

교만한 인터넷 주식 트레이더 찰리 바비트에게 증오해왔던 아버지 샌포드 바비트가 세상을 떠났다는 뜻하지 않은 소식이 전해진다. 동거녀 수잔나와 함께 유산상속을 목적으로 고향 신시내티에 돌아온 찰리는, 아버지로부터 재산 관리를 위탁받은 브루너 박사로부터 300만 달러가 넘는 유산은 브루너가 운영하는 병원 시설에 수용된 한 환자가 상속받았다는 사실을 듣게 된다. 상속의 수인공은 바로 찰리도 그 존재를 알지 못했던 친형 레이먼이다.

모친이 세상을 떠난 후 자폐증으로 병원에 맡겨진 레이먼을 기억하지 못하는 찰리는, 그저 유산 상속을 위해 충동적으로 레이먼을 데리고 로스앤젤레스로 떠난다. 여행 중 수잔나가 찰리와의 다툼으로 떠나버리자 두 형제만의 여행이 시작된다. 엄한 아버지에 대한 반발심으로 집을 나와 아버지에 대한 분노만 가지고 있던 찰리는 이상하리만큼 훌륭한 기억력을 발휘하는 레이먼과의 대화를 통해 지금까지 떨어져 있던 가족 간의 애정을 느끼며, 증오해오던 아버지의 본심을 이해할 수 있게 된다.

여행을 하며 대화를 넘어선 교감을 통해 더욱더 레이먼과의 마음의 거리를 줄이게 된 찰리는 로스앤젤레스에 도착할 때 즈음, 수잔나와 함께 셋이서 새로운 생활을 시작하겠다는 결심을 하게 된다. 그러나 생각도 하지 못했던 수잔나가 반대하고 찰리와 수잔나의 삶에 자신의 존재가 짐이 될까 걱정하는 레이먼은 찰리의 제안을 거절한다. 그리고 다시 자신이 지내던 병원으로 돌아가게 된다.

하지만 찰리와 레이먼 사이에는 더욱 깊은 애정과 신뢰가 생기게 되었고, 세월이 지나 그들은 더욱 단단한 사랑 안에서 한 가족으로 변해 있다는 내용이다.

처음 '레인맨'의 출연 제의를 받고 대본을 정독해 보니 작품의 구조가 정말 좋았다. 배우들이 억지 연기를 하지 않아도 주어진 상황 자체가 관객에게 웃음과 눈물과 감동을 줄 수 있는 그러한 구조였기 때문에 공연을 해 보고 싶었다.

또 하나 내 마음을 끈 것은 오랜만에 동생과 공연을 할 수 있다는 것이었다.

1995년 형제의 사랑을 그린 뮤지컬 '사랑은 비를 타고' 이후 약 15년 동안 한 번도 함께 공연하지 못했는데, 이번에도 형제의 사랑을 그린 작품이었기 때문에 공연이 이루어질 수 있었다.

그러나 내가 맡은 천재 자폐아 '레이먼'을 표현하기가 너무 힘든 과정이었다. 우선 대사의 양이 너무 많았고, 2시간 내내 무대에서 천재적인 기억력을 가진 사람을 표현해야 했기 때문에 거침없는 대사를 해야 하는 것이 너무나 힘들었다.

또한 대사의 내용 자체가 상대방과의 대화가 아닌 정보를 외우는 것이었기 때문에, 연관이 없는 대사들을 무조건 외워야 하는 것이 정말 힘들었다.

'세계에서 인구가 가장 많은 나라는 중국, 12억 9천 5백만 명. 미국은 중국 인도에 이어서 세 번째고, 2억 8천 백 42만 명. 중국 인도 미국 인도네시아 브라질 러시아 파키스탄 방글라데시 일본 이 아홉 나라는 인구가 1억이 넘는다.'

'1966년 잉글랜드 월드컵 최고 득점자는 포르투갈의 에우제비오 9점 득점.

'1970년 멕시코 월드컵 최고 득점자는 서독의 게르트 뮬러 10점 득점…….'

'원주율 3.14159265358979323846264338327950288419716939937510582097494459230781406286208998628034825342117067982148086513282306647093844609550582231725359408128481117450284102701938521105559644 6…….'

'로스앤젤레스는 처음이다. 미국 캘리포니아 주에서 가장 큰 도시. 인구는 3천 9백 6십 4만 8천 2백명. 매년 증가해서 미국에서 두 번째로 큰 지역. 북위 34도. 서경 118도 일년 내내 온화한 기후로 겨울에도 최저 기온 15도 정도……. '

등과 같은 대사들이 주를 이루었다. 원주율을 완벽하고 빠르게 외울 수 있을 때까지는 두 달 정도가 걸렸다.

그리고 자폐아를 표현해야 했기 때문에 '레인맨'의 실제 인물이었던 '킴픽'의 다큐멘터리라든지 다른 자폐아들의 동영상 자료를 보면서 외형적인 모습들을 연구했다. 헤어스타일, 얼굴 근육의 모습들, 시선 처리, 손 모양, 걸음걸이, 소품과 의상을 다룰 때의 특이 사항, 말의 빠르기, 말의 톤, 말을 할 때 특이한 버릇 등을 연구했다.

전체 연습시간은 대체적으로 아침 10시부터 밤 10시까지였고, 개인적으로는 전체 연습 전 2시간과 전체연습 후 3시간 정도 따로 시간을 내어서 대사를 외워야 했다.

처음 해 보는 자폐아 연기이기 때문에 마음에 부담이 컸고, 연습 내내 나의 연기를 내가 믿을 수가 없었다. 거울에 비친 내 모습이 자폐아처럼 보이지 않았고, 대사 자체의 진실성도 없는 것 같아 고통의 나날을 보냈다.

머리를 앞으로 빗어서 바가지 스타일로 바꾸고 윗니와 인중 사이에 휴지를 말아 넣어서 안면의 근육을 바꾼 뒤에 거울을 바라보았다. 그리고 걸음걸이도 종종 걸음으로 걸어 보았다. 서서히 자폐아가 보이기 시작했다. 연습을 시작한 지 한 달 반만에 조금씩 변해가는 나 자신이 보이기 시작했다.

구강구조를 바꾸기 위해 공연 며칠 전 치과에서 틀니를 맞추어 끼웠다. 공연용 의상이 나오기 전에 비슷한 의상도 갖춰 입었다. 완벽하지는 않았지만 공연 이삼일 전쯤 내가 자폐아가 되었다고 믿을 수 있었다.

첫 공연이 끝나고 난 뒤에 제작자가,

"선생님은 마라토너 같아요. 공연 첫 날 드디어 레인맨이 되셨군요."

하지만 공연이 끝나고 난 뒤에도 무언가 모자라는 나를 발견했고, 다음에 다시 '레인맨'을 공연할 기회가 생긴다면 더욱더 '레인맨'에 가깝게 다가갈 수 있게끔 해야겠다는 다짐을 했다.

78 여든 살의 할아버지 피아니스트

무대 생활을 한 지 어언 30년, 나름대로 목표를 세우고 그것을 이루기 위해 의지가 약해지는 나 자신을 추스리기 위하여 의지가 약해질 때마다 쓰디쓴 마이신 가루를 마셔가며 와신상담하던 생각이 난다.

불 꺼진 연습실(70년대 후반 세종문화회관 연습실은 오후 9시 이후에는 전기실에서 전원을 주지 않았음) 에서 창가에 비친 가로등 불빛으로 혼자 대본을 읽으며, 형설지공을 몸소 체험하며 무언가를 이루어 보려고 노력했고, 그리고 그러한 내 모습을 나 스스로 바라보며 혼자서 감동하던 시절이 떠오른다

내가 천재라고 착각하며 살아 온 철없던 어린 시절!

천재라는 착각이 영화 '아마데우스' 를 본 후 여지없이 무너지고 한없이 눈물 흘려야 했고, 그로 인해 내가 천재가 아니라는 것을 일찍 깨닫게 한 신에게 감사를 느꼈다.

천재가 아닌 것을 깨달은 후 좋은 뮤지컬 배우가 되려는 나의 목표

를 이루려면 끊임없는 노력밖에는 방법이 없다고 결론내리고, 나의 젊은 시절 대부분을 연습실에서 보냈다.

그리고는 한동안 슬럼프에 빠져 헤매던 시절도 있었다. 알에서 깨어난 새끼 독수리가 처음으로 하늘을 날다가 세찬 바람으로 인해 추락하는 고통을 맛본 뒤, 절대로 하늘을 날지 않겠다고 하늘 나는 것을 포기한 후 '타조 독수리'가 되었다는 얘기를 수업시간마다 제자들에게 얘기하는 나, 나 자신이 한때 하늘 나는 것을 포기했던 지난날들!

하지만 내가 사랑하는 뮤지컬이 있었기에 또다시 일어서야 했었다.

공연과 강의, 이사까지 겹쳐서 유난히도 바빴던 어느 겨울!

신문을 좋아하는 내가 두어 달 정도를 신문조차 읽지 못할 정도로 바빴었다. 그러던 어느 날, 이삿짐을 정리하다가 눈앞에 버려진 신문에서 '80세 할아버지 피아니스트'라는 제목에 시선이 끌려 기사를 읽어 보았다.

내용인즉 외국의 80세 할아버지 피아니스트의 공연장에 어떤 기자가 휴식 시간에 인터뷰를 하기 위해 대기실에 들렀는데, 그 짧은 시간을 이용해서 연습을 하고 있는 할아버지 피아니스트를 발견했다. 기자가 그 할아버지에게 "75년 동안 피아노를 연주하셨는데 또 연습을 하시냐?"고 물었더니 할아버지가 말씀하시길, 수줍은 듯이 "지금도 조금씩 느는 것 같애!"라는 기사를 읽고 난 후 난 뒤통수를 한 대 맞은 느낌이었다.

이것이 바로 진정한 예술가의 자세이며, 이것은 조금은 교만해 있던 나에게 신이 계시로 인도하신 것이라고 생각했었다.

두어 달 가량 신문을 읽지 않다가 왜 하필 그 날 그 신문을 읽었고, 왜 하필 그 기사만 유독 내 시선에 들어왔을까?

그 후 나의 생활은 많은 변화가 왔다. 지금도 자기 발전을 위한 노력이 부족할 때는 그 할아버지 피아니스트를 떠올리며 새로운 다짐을 하곤 한다. 그리고 나도 그 할아버지 피아니스트처럼 숨을 거두기 직전까지도 자기 발전을 위해 최선을 다하리란 다짐을 할 수 있었다.

하지만 다시 약해지는 내 모습이 자주 발견되는데 다시금 그 할아버지의 기를 이어받아야 할 때가 온 것 같다.

정신 차려, 남경읍!

■남경읍 약력

- 1958년 3월 12일 경북 문경 출생
- 서울예술전문대학 연극과
- 단국대학교 연극영화과
- 동국대학교 문화예술대학원 석사

■경력

- 서울예술단 지도위원(87년-91년)
- 부산예술전문대학 연극영화과 강사(95년)
- 계원예술고등학교 연극영화과 강사(83년-04)
- 동서대학교 공연예술학과 겸임교수 역임
- 단국대학교 겸임교수(02-04)
- 현 송원대학 뮤지컬전공 주임교수
- 현 예장연극영화학원 원장
- 현 남뮤지컬 아카데미 원장

공연연보

■연극

- 극단 [동랑레퍼토리] '하멸태자' 1976. 10. 20 ~ 27 드라마센터
- 극단 [동랑레퍼토리] '태' 1977
- 극단 [에저또] '조용한 방' 1978. 9. 8 ~ 14. 공간사랑
- 극단 [맥토] '정복되지 않는 여자' 1979. 광주 학생회관
- 극단 [맥토] '세 발 자전거' 1979 마당세실극장
- 극단 [부활] '총각파티' 1984. 12. 7 ~ 1985. 1. 7 엘칸토 예술극장
- 극단 [맥토] '귀족이 될뻔한 사나이' 1983. 10. 13 ~ 10. 17 세종문화회관별관
- 극단 [박앤남, 쇼팩] '레인맨' 2010. 2. 19 ~ 3. 28 예술의 전당 자유소극장
- 2010. 4. 2 ~ 4 김해 문화의전당
- 2010. 4. 7 ~ 11 대구 봉산문화회관
- 2010. 4. 16 ~ 18 거제 문화예술의 전당
- 2010. 4. 23 ~ 25 마산 3.15 아트센터

■뮤지컬

- [시립가무단] '위대한 전진' 1979. 4. 14 ~ 16 세종문화회관 대극장
- [시립가무단] '결혼 삼중창' 1979. 6. 28 ~ 29 세종문화회관 대극장
- [시립가무단] '환타스틱스(철부지들)' 1980. 4. 4 ~ 6 세종문화회관 소극장
- [시립가무단] '돈키호테' 세종문화회관 소극장
- [시립가무단] '우리들의 축제' 세종문화회관 소극장
- 제1회 MBC 마당놀이 '허생전' 1981 정동 MBC
- [시립가무단] '시집가는 날' 세종문화회관 소극장
- [시립가무단] '조국은 영원하리' 세종문화회관 대극장
- [시립가무단] '사랑은 물이랑 타고' 세종문화회관 대극장
- [시립가무단] '나 어딨소?' 1982. 7. 12 ~ 14. 세종문화회관 소극장
- 극단 [광장] '두리벙'
- 극단 [뿌리] '유랑극단' 1984. 9. 28 ~ 10. 3 세종문화회관별관
- 극단 [뿌리] '철부지들' 1985. 9. 4 ~ 9 엘칸토예술극장
- 극단 [뿌리] '철부지들' 1986. 3. 15 ~ 30 현대예술극장
- 극단 [뿌리] '환타스틱스' 1986. 5. 3 ~ 4 울산 상공회의소 대극장
- 극단 [뿌리] '가스펠' 1986. 8. 13 ~ 19. 문예회관 대극장
- 극단 [뿌리] '가스펠' 1986. 11. 27 ~ 12. 1 세종문화회관별관
- 중앙일보 기획공연 '쏭 앤 댄스' 1987. 6. 5 ~ 11 호암아트홀
- [서울예술단] '한강은 흐른다'
- [서울예술단] '지하철 연가' 1988. 2. 27 ~ 29 국립극장 대극장
- [서울예술단] '아리랑 아리랑' 1988. 9. 22 ~ 9. 23 국립극장 대극장
- [서울예술단] '주목받고 싶은 생' 1989. 11. 21 ~ 24 문예회관 대극장
- [서울예술단] '아리송하네요' 19889. 6. 13 ~ 16 국립극장 대극장
- [서울예술단] '환타스틱스' 1990. 4. 13 ~ 19 동숭아트센터 소극장
- [서울예술단] '한강은 흐른다' 1990. 7. 4 ~ 8 국립극장 대극장
- 1990. 6. 18 군산시민문화회관
- 1990. 6. 19 전북학생회관(전주)
- 1990. 6. 21 여수시민회관
- 1990. 6. 23 경남문예회관(진주)
- 1990. 6. 25 부산문화회관
- 1990. 6. 27 대구시민회관
- 1990. 6. 28 구미종합문예회관

-[서울예술단] '백두산 신곡' 1990. 10. 25 ~ 28 국립극장 대극장

-1990. 11. 5 대구 문예회관

-1990. 11. 7 부산 KBS 부산홀

-1990. 11. 9 진주 경남문예회관

-[롯데] '웨스트 사이드 스토리' 1991. 5. 11 ~ 12. 29 롯데월드 예술극장

-1992. 1. 10 ~ 15 부산문화예술회관 대강당

-1992. 1. 17 ~ 19 구미문화예술회관

-1992. 1. 24 진주

-1992. 1. 26 ~ 28 창원 KBS 홀

-1992. 1. 31 ~ 2. 1 광주문화예술회관

-[경기도립극단] '돈키호테' 1992. 4

-[롯데월드] '돈키호테' 1992. 4. 18 ~ 8. 30 롯데월드 예술극장

-극단 [광장] '레미제라블'

-극단 [맥토] '결혼일기' 1994. 4. 20 ~ 5. 31 바탕골 예술극장

-극단 [맥토] '번데기' 1994. 9. 2 ~ 9. 7 문예회관 대극장

-극단 [맥토] '번데기' 1994. 12. 21 ~ 27 문예회관 대극장(18회 서울연극제 대상 수상기념 공연)

-극단 [신시] '7인의 신부' 1995. 5. 12 ~ 6. 4 호암아트홀

-1995. 6. 18 ~ 19 수원 경기도 문화예술회관 대공연장

-1995. 7. 15 ~ 16 인천 종합문화예술회관 대공연장

-[서울뮤지컬컴퍼니} '사랑은 비를 타고' 1995. 9. 20 ~ 10. 29 현대토아트홀

-1995. 11. 3 ~ 5 부산 시민회관 소극장

-1995. 11. 10 ~ 12 대구 대백예술극장

-1995. 11. 17 ~ 19 청주 예술의 전당 소극장

-1995. 11. 25 ~ 26 대전 엑스포아트홀

-1995. 11. 30 ~ 12. 3 수원 경기도 문화예술회관 소극장

-1995. 12. 7 ~ 10 구미 예술문화회관

-1995. 12. 21 ~ 25 부산 태양아트홀

-1995. 12. 28 ~ 29 제주 문화예술회관

-1996. 1. 5 ~ 3. 10 1차 서울앵콜 문화일보홀

-1996. 3. 12 이천 현대전자

-1996. 3. 14 ~ 15 해군참모총장 초청공연

대전 계룡대
- 1996. 3. 20 ~ 4. 7 부산 태양아트홀
- 1996. 4. 9 ~ 10 광양제철
- 1997. 4. 3 ~ 6 부산 문화회관 중극장
- 1997. 4. 9 ~ 13 대구 대백프라자
- 1997. 4. 18 ~ 20 대전 과학문화센터
- 1997. 4. 26 ~ 27 울산 문화예술회관
- 1997. 5. 13 ~ 14 마산 MBC 아트홀
- 1997. 5. 17 ~ 18 청주 예술의 전당
- 1997. 6. 19 ~ 12. 31 2차 서울앵콜 인간소극장
- 1998.6.7미국LAJOHN BURROUGHAUDITORIUM 1999. 4. 22 ~ 5. 16 3차 서울앵콜 연강홀

(남경읍 뮤지컬 20주년 기념공연)
- 1999. 7. 11 울산문예회관 대공연장
- 1999. 7. 17 ~ 18 부산무화히관 중강딩
- 1999. 7. 24 ~ 25 마산 MBC 홀
- [동랑연극앙상블] 'DMZ' 1996. 6. 6 ~ 6. 13 예술의 전당 오페라극장
- 1996. 부산
- 1996. 대구
- 1996. 철원
- [서울뮤지컬컴퍼니] '사랑에 빠질 때' 1997. 2. 13 ~ 23 문화일보홀
- 1997. 3. 6 ~ 9 울산문화예술회관 소극장
- 극단 [광장] '돈키호테' 1997. 6. 8 ~ 16 문예회관 대극장
- 극단 [갖가지] '드라큘라' 1998. 9. 12 ~ 30 예술의 전당 오페라극장
- 극단 [현대] '장보고의 꿈' 1999. 2. 25 ~ 3. 7 예술의 전당 오페라극장

인도
태국
- 아이러브 뮤지컬 2000. 3. 17 ~ 21 세종문화회관 대극장
- SBS '피노키오' 예술의 전당 오페라 극장
- 극단[예맥] 과거를 묻지마세요 ' 2000. 10. 3 ~ 8 세종문화회관 대극장
- 예술의 전당 오페라 마술피리 2001. 1. 20 ~ 2. 4 토월극장

-오페라 '마술피리' 지방공연 2001. 4. 21 ~ 22 평택시문예회관대공연장
-2001. 5. 5 ~ 6 순천문화예술회관 대극장
-2001. 5. 12 ~ 13 군포시민회관 대공연장
-[OD 뮤지컬 컴퍼니] '사랑은 비를 타고' 2001. 9. 13 ~ 14 포스코센터 아트홀
-[OD 뮤지컬 컴퍼니] '사랑은 비를 타고' 2002. 4 ~ 9. 30 정보소극장
-[극단 신시] '유린타운' 2002. 8. 31 ~ 9. 22 예술의 전당 토월극장
-[M 뮤지컬 컴퍼니] '마네킹' 2003. 5. 23 ~ 7. 13 연강홀
-[SIIM] '터널' 2004. 5. 29 ~ 7. 4 문화일보홀
-2005. 1 대학로 상상나눔씨어터
-[극단 에이콤] '명성황후' 2006. 3. 11 ~ 3. 30 예술의 전당 오페라 하우스
-2006. 4. 6 ~ 7 김해 예술의 전당
-남경읍 30주년 기념공연 '아이엠 남쌤' 2008. 6. 28 ~ 29 성남아트센터 대극장
-[극단 스펠] '햄릿' 2008. 8. 21 ~ 2009. 2. 22 숙명아트센터
-[극단 현대] '두번 째 태양' 2009. 5. 20 ~ 21 안동시민회관
-2009. 5. 27 ~ 28 옥천문화예술회관
-2009. 6. 2 ~ 3 군산시민회관
-2009. 6. 8 고흥종합문화회관
-2009. 6. 12 장흥문화예술회관
-2009. 6. 17 산청문화예술회관
-2009. 7. 8 ~ 9 포천반월아트홀
-2009. 8. 28 ~ 9. 1 마포아트센터
-2009. 9. 12 ~ 13 중국 상하이 대극원

■무용공연
세계무용 페스티벌 뉴욕, 워싱턴 '꽃신' 1985
제5회 대한민국무용제 '종' 1983. 10. 28 ~ 29

■영화
대학별곡
아가씨와 신사
용서는 없다
아저씨

■TV

태양제
수사반장
아! 심청
와인따는 악마씨

■녹음

라이온 킹 II.
인어공주 II
미녀와 야수 II
러시아 발레 피노키오

■안무

88서울올림픽 기념공연
발바리의 추억
경기도립극단 '고향의 봄' 1001. 10. 23 ~ '27 경기도 문화예술회관 소공연장
경기도립극단 '돈키호테'
유랑극단
챨리 브라운
환타스틱스(철부지들)

공모합니다.

출판을 계획하고 계신분이나
원고가 이미 준비된 분은
출판을 해드립니다.

프로방스 기획실

시범 노윤수 노윤수 노윤경 노윤영 노윤수 노인환 노새룬 노주연 노지현 노잔석 노태윤 노현성 노현숙 노혜연 노혜영 노희미 도영주 도원욱 도율희 도은주 독고현 라희선 류 진 류래언 류문희 류봉선 류성목 류성훈 류소애 류수민 류수진 류승민 류재현 류정은 류지민 류현진 마소영 맹유라 명민영 모세희 문 우 문경식 문경주 문경태 문경하 문민정 문상운 문석영 문세정 문유정 문은성 문인영 문정희 문주우 문준원 문지영 문지희 문혜یی)문혜준 문환희 문희수 민 기 민경선 민경신 민병호 민세진 민영옥 민영한 민예은 민재식 민정희 민지현 민현숙 민혜진 박 란 박 엽 박 진 박가영 박건형 박경선 박경진 박경찬 박광오 박귀임 박근록 박근형 박기원 박기훈 박다민 박도희 박동욱 박동주 박동혁 박마리아 박명숙 박명아 박문지 박미나 박미숙 박미연 박미영 박미웅 박민선 박민정 박병규 박보랍 박보윤 박상미 박상봉 박상윤 박상준 박상현 박서연 박선명 박선영 박선영 박선영 박선영 박선영 박선주 박설란 박성규 박성배 박성은 박성일 박성주 박성진 박성현 박성혜 박성환 박성휘 박성희 박세린 박세철 박소미 박소연 박소영 박소정 박소향 박소현 박소희 박송희 박수경 박수경 박수란 박수미 박수민 박수영 박수섭 박승진 박승현 박승혜 박시ेन 박아인 박안나 박애림 박애숙 박언정 박연숙 박연주 박영미 박영준 박영찬 박영줄 박영현 박영희 박예리 박예슬 박예영 박우정 박우진 박원준 박유덕 박유리 박유미 박유선 박유정 박유진 박윤근 박윤아 박은경 박은기 박은선 박은아 박은영 박은이 박은정 박은주 박은지 박은파 박은희 박인선 박인웅 박재언 박재은 박정란 박정미 박정선 박정용 박정원 박정진 박정현 박정혜 박정희 박제윤 박제현 박종구 박종렴 박주미 박주영 박주원 박주희 박준성 박준옥 박준우 박지성 박지수 박지연 박지영 박지예 박지은 박지인 박지혜 박지훈 박지희 박진선 박진성 박진수 박진식 박진하 박진호 박진희 박찬욱 박천아 박초롱 박춘재 박태수 박태윤 박학주 박한울 박한음 박해룡 박해민 박해웅 박현석 박현수 박현아 박현정 박현준 박현진 박현혜 박형수 박혜련 박혜령 박혜린 박혜미 박혜수 박혜신 박혜원 박혜정 박혜진 박혜진 박홍수 박효리 박효선 박희라 박희연 박희정 반바다 반성오 반순석 반영준 반정임 방민선 방선영 방세영 방수연 방승민 방용준 방유진 방윤희 방은미 방정식 방정임 방지선 방춘석 방현주 방혜선 방희진 배경민 배경선 배영민 배명아 배문찬 배민선 배보경 배성언 배승길 배원경 배은미 배은정 배은지 배정민 배정인 배준상 배준형 배지은 배지은 배지혜 배진호 백건종 백경순 백경애 백귀임 백나라 백동우 백란희 백미라 백서라 백서옥 백성혜 백세환 백송이 백수현 백승희 백운경 백운희 백재진 백정원 백종학 백지열 백지희 백혜진 백진진 변상숙 변상필 변성윤 변순화 변원희 변유나 변종혁 변현우 변희상 봉경복 봉은선 봉혜경 부정아 부준호 사나화 서강우 서광숙 서다원 서명지 서미리 서민교 서보라 서수원 서영미 서영주 서예린 서요한 서용철 서유경 서유진 서은경 서인경 서인선 서장원 서재언 서정민 서정식 서정화 서지수 서지용 서지원 서지은 서진영 서진원 서창희 서한얼 서현주 서현희 서혜리 서혜원 서홍석 석관용 석관혁 석보경 석성운 석원일 석원징 선다혜 신우현정 선은아 설선미 설성민 설유심 성 재 성기윤 성나경 성민아 성소업 성수미 성수진 성시미 성연미 성윤실 성해숙 성현철 성혜영 소영숙 소유진 소재한 소현선 손동수 손범호 손범호 손선정 손성연 손성윤 손세일 손세정 손소영 손수경 손승원 손윤미 손은정 손재희 손정기 손장하 손주희 손지완 손진오 손찬익 손홍민 손효성 손효진 송경순 송경아 송경은 송경일 송광원 송난희 송마리아 송명숙 송명희 송미미 송미선 송민선 송미아 송민정 송보미 송보연 송상은 송석호 송선영 송성만 송세희 송수지 송승일 송승현 송시훈 송아리 송아영 송영술 송옥희 송은미 송은솔 송은지 송은하 송인경 송인영 송자윤 송재연 송재원 송정은 송정훈 송주하 송주환 송준영 송준호 송지언 송지현 송지혜 송채원 송태련 송하륜 송혜령 송혜영 송호석 송희영 승지윤 신경아 신광식 신기웅 신동미 신동웅 신동혁 신명근 신명희 신미화 신민경 신민정 신반석 신병수 신병헌 신보윤 신봉규 신부열 신상은 신선미 신선아 신성호 신소영 신소정 신수진 신슬기 신아름 신양희 신영미 신영운 신영희 신오진 신원경 신유경 신유미 신유진 신유청 신윤경 신은경 신은영 신의주 신의현 신재원 신정원 신주연 신준영 신지연 신지은 신창일 신태호 신현선 신현수 신현아 신혜경 신혜련 신혜수 신혜영 신혜정 신혜정 신화식 신효은 신효진 신훈승 신희용 심가연 심경순 심경택 심규원 심근섭 심미진 심상희 심연희 심영보 심영슬 심정완 심지원 심지환 심형준 심희은 안경빈 안규빈 안남득 안남희 안대영 안덕용 안병훈 안상완 안석천 안선영 안선우 안솔지 안수미 안수진 안순용 안승배 안영선 안영진 안용남 안유령 안유영 안윤진 안은정 안정민 안정윤 안종택 안준범 안지은 안철성 안충신 안해진 안현자 안형준 안혜림 안혜정 안효원 안희라 양 헌 양동근 양미래 양미령 양미선 양미애 양보름 양성환 양수정 양승민 양승옥 양승희 양영주 양원석 양윤식 양윤희 양이배 양이슬 양정민 양정연 양정희 양주영 양지현 양진혁 양

양혜성 양혜영 양희숙 양희빈 양희성 엄선영 엄성운 엄세욱 엄예손 엄윤미 엄윤수 엄순중 엄태수 연원미 엄성비 엄성빈 엄오해

엄해인 예학영 예희정 오경정 오경진 오관엽 오남미 오만석 오명희 오문영 오미자 오산하 오삼열 오심준 오신경 오신아 오성

성민 오성주 오세미 오승명 오언석 오영민 오영애 오은정 오은심 오은택 오의식 오의택 오인식 오재근 오재복 오재인 오재환 오

오정환 오정훈 오종석 오주현 오지애 오지혜 오진우 오창민 오택상 오한나 오현경 오현정 오현지 오혜영 오혜원 오현기 오효진

오희민 옥선이 옥선혜 왕진환 왕태호 우상준 우성균 우수민 우순진 우영희 우칠규 우하나 우현주 우효정 문기호 원 결 원선

선연 원영철 원인호 원종희 원진은 원현경 위세복 유 경 유 훈 유경진 유기철 유다솜 유대치 유명환 유미나 유미라 유미림 유

규병혁 유병호 유부선 유상현 유성주 유상현 유소영 유수경 유수정 유숙희 유순지 유승국 유승희 유영림 유에진 유완옥 유용문

유은경 유은애 유이경 유인상 유일영 유일한 유재원 유재학 유재환 유정화 유정희 유주영 유지미 유지민 유지언 유지영 유자

하나 유하영 유한나 유현경 유현주 유현희 유형숙 유혜림 유혜미 유혜민 유혜정 유화영 육상민 윤 근 윤 덕 윤 찬 윤기한 윤

윤대희 윤명화 윤미경 윤미나 윤미소 윤미영 윤미정 윤민영 윤민지 윤민진 윤범준 윤빛나 윤상민 윤서영 윤석인 윤석준 윤선미

윤성문 윤상영 윤성원 윤세민 윤소라 윤소영 윤소영 윤소용 윤수익 윤수정 윤수진 윤순미 윤승용 윤아영 윤여진 윤용석 윤유

규성 윤은채 윤은혜 윤재웅 윤정근 윤정아 윤정연 윤정열 윤정현 윤정호 윤종호 윤준혁 윤지언 윤지헌 윤지혜 윤지희 윤진수 윤

윤재리 윤태경 윤한나 윤한균 윤혜민 윤혜성 윤혜진 윤효준 윤흥경 윤희선 윤희순 윤희승 은서령 은현주 이 석 이 선 이 슬

이 이 이 용 이 윤 이 장 이 진 이 정 이 혁 이 현 이 호 이가민 이강의 이건진 이경미 이경수 이경숙 이경심 이강아 이경

경자 이경주 이경화 이고운 이고은 이관우 이관주 이귀숙 이규인 이규희 이기창 이길응 이길재 이나래 이남이 이남진 이남형 이

이다빈 이다솜 이다연 이다영 이다울 이다은 이다혜 이달화 이도엽 이동건 이동근 이동룡 이동신 이동욱 이동윤 이동준 이동하

이동훈 이두리 이특경 이마리아 이맑음 이명숙 이명숙 이명희 이문석 이미경 이미란 이미숙 이미언 이미영 이미성 이미지 이

이민서 이민성 이민영 이민정 이민주 이민진 이민혁 이민호 이민희 이바름 이범기 이벙귀 이별규 이병민 이병수 이병봉 이보라

이보배 이부역 이보희 이빈미 이상빈 이상빈 이상욱 이상원 이상은 이상길 이상태 이상혁 이상화 이상훈 이상희 이서영 이서

선민 이선아 이선영 이선우 이선유 이선정 이선샘 이선화 이선희 이성구 이성애 이성원 이성휘 이세리 이세민 이세욱 이세준 이

이소연 이소영 이소은 이소현 이솔지 이수나 이수리 이수연 이수영 이수용 이수정 이수진 이수형 이순무 이슬비 이슬이 이승민

이승복 이승연 이승영 이승욱 이승현 이승환 이승훈 이승희 이신주 이신형 이신건 이아영 이안나 이애린 이언주 이여진 이연

연숙 이연승 이연정 이연주 이영경 이영규 이영금 이영란 이영미 이영민 이영순 이영아 이영원 이영은 이영주 이영진 이영희 이

이예슬 이예원 이옥선 이용석 이우미 이우형 이운현 이원민 이원석 이원영 이원준 이원희 이유리 이유미 이유선 이유연 이유진

이윤성 이윤수 이윤신 이윤정 이윤주 이윤지 이윤희 이은경 이은림 이은명 이은미 이은선 이은순 이은실 이은영 이은지 이은

은주 이은지 이은하 이은혜 이은화 이은희 이인애 이인정 이장용 이창욱 이재나 이재문 이재석 이재선 이재성 이재영 이재은 이

재철 이재진 이재학 이재현 이재호 이재홍 이정미 이정민 이정비 이정선 이정숙 이정아 이진애 이진은 이정인 이집현 이정언

이정호 이정화 이정화 이정훈 이정희 이제영 이제숙 이제미 이제준 이종목 이종미 이종석 이종찬 이종현 이주연 이주영 이주

주현 이주희 이준상 이준석 이준영 이준형 이준호 이중현 이중희 이지나 이지민 이지선 이지수 이지숙 이지언 이지영 이지은 이

이지현 이지호 이지훈 이진건 이진석 이진선 이진숙 이진아 이진영 이진주 이진희 이찬영 이창석 이창용 이창준 이창하 이창훈

이채은 이철수 이춘고 이충실 이충현 이태숙 이하나 이하늘 이하령 이하안 이학원 이학재 이한규 이한빛 이한솔 이한정 이한

항민 이해숙 이행진 이현규 이현균 이현선 이현아 이현애 이현웅 이현인 이현정 이현종 이한주 이현지 이현회 이현희 이형석 이

이형철 이향희 이혜강 이혜린 이혜림 이혜민 이혜성 이혜수 이혜숙 이혜연 이혜영 이혜인 이혜정 이혜진 이호산 이호상 이호소

식 이호열 이호영 이호윤 이호진 이홍균 이화경 이화숙 이효선 이효성 이효준 이훈희 이희경 이희민 이희성 이희슬 이희재 이

희환 안소현 임 별 임 솔 임감업 임규순 임그린 임기덕 임다혜 임동규 임동열 임동우 임명습 임민경 임민호 임병근 임

임선미 임신홍 임승희 임수지 임수지 임수지 임수진 임순자 임슬해 임안나 임연경 임유경 임유진 임은영 임일규 임일환 임정규

진 임정은 임종완 임종현 임주연 임준택 임지언 임지영 임지현 임채은 임철수 임칠형 임향주 임형섭 임혜선 임혜성 임혜준 임

효은 임희정 임희진 장경원 장금자 장미라 장미에 장민경 장민지 장선영 장선영 장성효 장성민 장성은 장세현 장송미 장수현 장